書下ろし

未練辻

新・深川鞘番所②

吉田雄亮

祥伝社文庫

目次

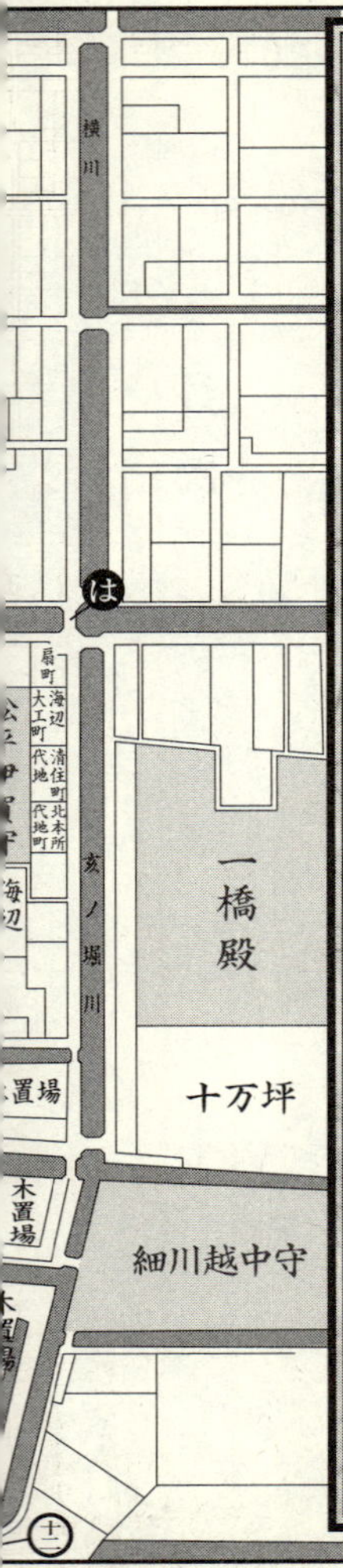

深川繪圖

一 深川大番屋（鞘番所）
二 霊巌寺
三 法苑山 浄心寺
四 外記殿堀（外記堀）
五 櫓下裾継
六 摩利支天横丁
七 馬場通
八 大栄山金剛神院 永代寺
九 富岡八幡宮
十 土橋
十一 三十三間堂
十二 洲崎弁天

い 万年橋
ろ 高橋
は 新高橋
に 上ノ橋
ほ 海辺橋（正覚寺橋）
へ 亀久橋
と 要橋
ち 青海橋
り 永代橋
ぬ 蓬莱橋

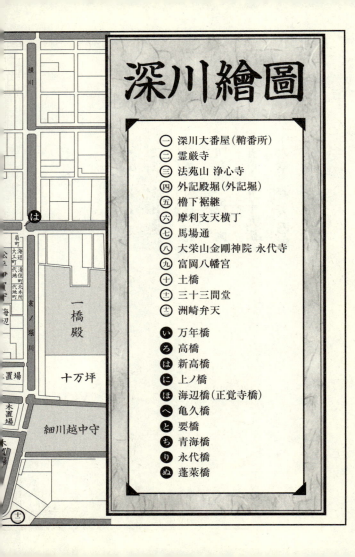

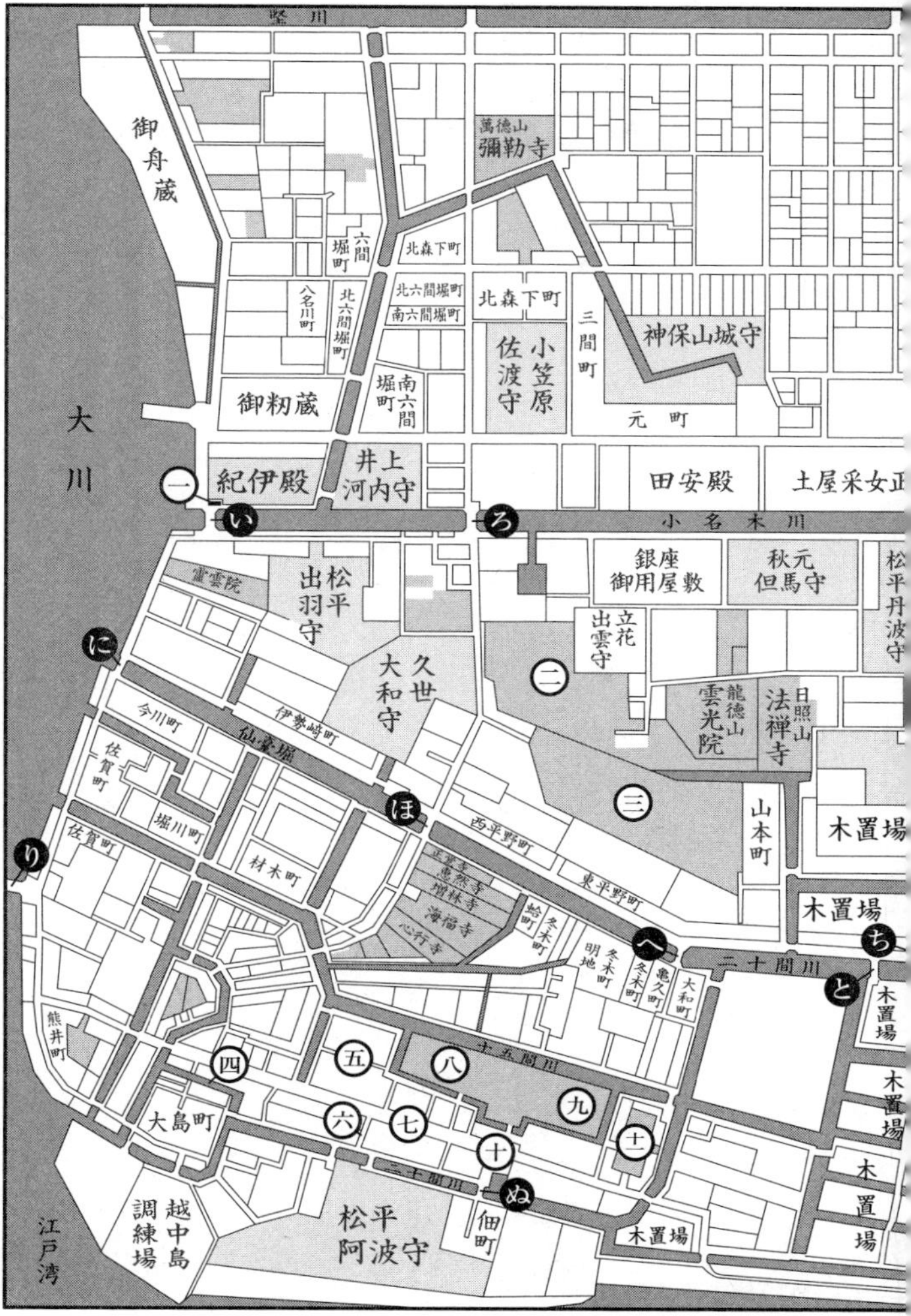

竪川
御舟蔵
萬徳山
彌勒寺
六間堀町
北森下町
八名川町
北六間堀町
北六間堀町
南六間堀町
北森下町
三間町
神保山城守
小笠原佐渡守
南六間堀町
御籾蔵
大川
元町
紀伊殿
井上河内守
田安殿
土屋采女正
一
い
ろ
小名木川
霊雲院
松平出羽守
銀座御用屋敷
秋元但馬守
松平丹波守
立花出雲守
二
に
久世大和守
今川町
伊勢崎町
仙台堀
佐賀町
龍徳山雲光院
日照山法禅寺
三
ほ
堀川町
西平野町
山本町
木置場
り
佐賀町
材木町
正覚寺
恵然寺
増林寺
海福寺
心行寺
東平野町
蛤町
冬木町
木置場
ち
へ
明地
冬木町
冬木町
亀久町
大和町
二十間川
と
木置場
熊井町
四
五
八
十五間川
九
木置場
大島町
六
七
十
十一
木置場
二十間川
ぬ
越中島調練場
松平阿波守
佃町
木置場
木置場
江戸湾

本文地図作製　上野匠（三潮社）

一章　冷汗三斗《れいかんさんと》

一

一の鳥居の脇にある、大行院《だいぎょういん》の表門の前に人だかりがしている。

その奥、大行院の門前で、深川鞘番所北町《ふかがわさやばんしょきたまち》組の同心溝口半四郎《みぞぐちはんしろう》、八木周助《やぎしゅうすけ》、松倉孫兵衛《まつくらまごべえ》がなかの様子を窺《うかが》っていた。

三人の行く手を遮るように、表門の左右に立った張り番の手先が、手にした六尺棒を横に構えて見据えている。

いまいましげに舌を鳴らし、張り番ふたりを睨《にら》みつけて、溝口が吐き捨てた。

「何ということだ。大行院の表門が朝五つになっても開いていないので、塀に梯子《はしご》をかけてなかに入ってみたら、坊主たちが皆殺しにあっていた。金目の物もなくなっている、と自身番の番人から知らせを受けて、おれたちが大行院に一番乗りをしたというのに、なかに入れないとは悔しいかぎりだ」

なだめるように松倉が声をかけた。

「町奉行所は武家や寺社がらみの事件は扱えぬと定められている。支配違いの大行院で起きた事件、いかに最初に事件にかかわったとはいえ、おれたちにはどうにもならぬことだ」

わきから八木が口をはさんだ。

「大行院は祠堂金《しどうきん》貸しをやって大儲《もう》けしている寺院だ。深川の茶屋や居酒屋、局《つぼね》見世《みせ》、船饅頭《ふなまんじゆう》の親方にまで高利で金を貸している。身売りする女たちを買いつける金の足しになっているのだ。貸した金の取り立ても厳しいという。仏に仕える身が、いい気になって坊主丸儲けの暮らしをつづけてきたのだ。仏罰が下ったのだろうよ」

「御支配が支配違いを守らぬと後々面倒だ、などといいだされなかったら、おれは大行院に入る気でいたのだ。それを、前原《まえはら》を火盗改《かとうあらため》の役宅へ走らせて、火盗改の出役《しゆつやく》を促し、与力、同心に手先たちまで連れてきた。それまで、おれたちは、門前で誰もなかにいれないように張り番をしていたのだ。同心のおれが張り番をさせられたのだぞ」

「腹をたてても仕方がない。われわれは大行院の探索にはかかわれないのだ。御《ご》法度《はっと》は守らねばならぬ」

言い聞かせるような松倉の物言いに、溝口が不満げに口をへの字に曲げて、黙り込んだ。

八木が松倉に問いかけた。

「ところで御支配はどこに行かれたのだ」

「前原に河水《かすい》の藤右衛門《とうえもん》のところへ、この一件を知らせにいくよう命じられた後、小幡《おばた》と安次郎《やすじろう》を連れて、舟を手配しに行かれたが」

応えた松倉のことばを聞き咎《とが》めて、溝口がいった。

「舟を手配して何をするつもりなんだ。舟遊びをするのなら誘ってもらいたかったな。この腹立たしい気分が少しはまぎれたものを。ええい、何もかもおもしろくない。厭《いや》な気分だ」

さも苛立《いらだ》たしげに溝口が唾《つば》を吐き捨てた。

大行院の裏手は外記殿堀《げきどのぼり》であった。

その外記殿堀に、一艘《そう》の舟が浮かんでいる。

舟の舳先《へさき》に小幡が、なかほどには深川鞘番所北町組支配大滝錬蔵《おおたきれんぞう》が座っていた。艫《とも》で櫓《ろ》を握っているのは安次郎だった。かつて竹屋五調《たけやごちょう》の源氏名で男芸者をやっていた安次郎は、見様見真似《みようみまね》で船頭の真似事をやっているうちに、多少は舟を操れるようになっていた。

「安次郎、もう少し大行院の裏塀に漕《こ》ぎ寄せてくれ」

声をかけた錬蔵に安次郎がしかめっ面《つら》で応えた。

「旦那、勘弁してくださいよ。あっしの櫓捌《さば》きでは、これが精一杯でさ。下手して舟に傷をつけたら大変なことになりますぜ。知り合いの船宿の主人に無理矢理頼み込んで、この舟を借りてきたんだ。旦那が、探索していることを表沙汰《おもてざた》にしたくないというから、船頭が一緒に行くというのを、頑《かたく》なに断ってきたんです。これ以上、近づけませんよ」

「わかった。無理はいわぬ」

塀に目を向けたまま錬蔵が応えた。

身を乗り出すように塀を見つめていた小幡が声を上げた。

「ありました。両開きの裏門の扉の下が石段になっています。舫杭《もやいぐい》が石段の両脇に一本ずつ打ちこまれています」

「石段が船着場がわりになる。そういうことだな」

「おそらく」

石段と舫杭を見やったまま小幡が応えた。

「安次郎、蛤町《はまぐりちょう》から門前仲町《もんぜんなかちょう》の遊所の明かりが消える刻限はいつ頃だ」

「夜八つには人通りもなくなるでしょう。もっとも酔っ払って道端で寝込んでいる奴はいるかもしれませんが」

「黒江《くろえ》川から外記殿堀を舟できたらどうだろう。かえって人目につくかな」

問いかけた錬蔵に安次郎が応えた。

「どうでしょうかね。朝早く出かける漁《いさ》り船なら目立たないでしょうが」

「漁り船が漁に出るのは暁《あかつき》七つ。その頃には、他の漁り船も漕ぎ出ているはずだ。その刻限に舟で大行院に押し込むのはむずかしいな。人目がある。盗人一味は通りから押し込んだか」

首を捻《ひね》り、独り言のようにつぶやいた錬蔵が、ことばを重ねた。

「引き上げよう」

「わかりやした」

応えた安次郎が櫓を握る腕に力をこめた。

二

大行院の庫裏《くり》の一室に数人の坊主たちが縛《しば》られたまま、血まみれで倒れている。

火付盗賊改《ひつけとうぞくあらためやく》役の脇坂半兵衛《わきさかはんべえ》が、骸《むくろ》をあらためている与力桜井万作《さくらいまんさく》から同心中原鎌助《なかはらかますけ》へと視線を移し、声をかけた。

「坊主たちを一室に集めて縛り上げ、住職に、金箱があるところに案内させて奪った後、容赦《ようしゃ》なく殺した。寺男たちも詰所や長屋で斬り殺されている。まさしく畜生働き。手がかりはひとつも残していない。落着するには、何かと手こずりそうだな」

骸をあらためる手を止めて、桜井が顔を脇坂に向けて応えた。

「手がかりがない上に、ここは深川。土地柄からいって、日頃深川に馴染《なじ》みのない私らが聞き込みをかけても、まともに話をしてくれるかどうか、はなはだ心配ですね」

口をはさんで、中原が声を上げた。

「住人のほとんどが、岡場所にかかわりのある稼業について日々のたつきを得ています。深川大番屋詰めの町奉行所の与力、同心たちも、端《はな》からある程度お目こぼしをするつもりで、町中を見廻っているときいていています。何かと厄介《やっかい》そうですね」

うむ、とうなずいて脇坂がつぶやいた。

「やれるだけのことをやってみる。それしかなさそうだな。奇策のひとつも考えつかぬと、埒《らち》があかぬかもしれぬ」

おもわず顔を見合わせた桜井と中原が、無言で顎を引いた。

〈河水楼《ろう》〉の主人控えの間で、藤右衛門と前原が向かい合って話していた。

同心だった前原は、妻が不義を働いていたことを恥じて職を辞し、行方をくらました。

ふたりの子の父でもある前原は、用心棒稼業で日々のたつきを得ていたが、かつての上役大滝錬蔵と、偶然、深川で再会し、

「おれの配下として働いてくれ」

と誘われたことがきっかけで、いまは鞘番所北町組の長屋に住み暮らしてい

る。

口をはさむことなく、前原の話を聞き終えた藤右衛門が声を上げた。

「そうですか。大滝さまが、大行院から金を借りている茶屋が何軒あるか、できればどこの茶屋が借りているのか、私に訊いてくるようにと、前原さんに指図されたのですか」

「御支配は、寺社のなかは町奉行所の支配違い、踏み込んで探索するわけにはいかぬ。が、盗人一味は、江戸御府内のどこかを歩き回っているはずだ。ひょっとすると盗人宿《ぬすっとやど》が深川にあるかもしれない。盗人が町中にいるときは、おれたちの手で捕らえることができる。探索の手をゆるめるわけにはいかぬ、と仰有《おっしゃ》るのだ」

笑みをたたえて藤右衛門が応じた。

「いかにも大滝さまらしい物言い。転んでもただでは起きぬ、踏まれても踏まれても立ち上がる雑草《ざっそう》のような逞《たくま》しいお方。私は、大滝さまのそんなところに惚れ込んでいるのですよ」

「盗人一味は、これからも深川の寺社に押し込んで盗みを働くに違いない。修理など寺を維持するために集めた祠堂金を増やすという名目で、多額の金を貸して大儲けしている寺社は狙われる、とも御支配がいっておられた」

「これからも寺社に押し込みますか、盗人一味は」

首を傾《かし》げて藤右衛門が黙り込んだ。

発することばを待って前原が、藤右衛門をじっと見つめている。

ややあって、藤右衛門が口を開いた。

「大行院から金を借りていた連中は、さぞや内心では喜んでいるでしょうな。寺社は貸している金の返済が滞《とどこお》ったら、焦《こ》げ付いた金を取り立ててくれ、と町奉行所に駆《か》け込むことができます。後は、町奉行所が寺社に代わって取り立てると御法度で定められています。が、大行院の住職たちが皆殺しにあっていたら、町奉行所に駆け込む者がいません。奉行所が金を取り立てることもない。しらばっくれていれば、返さなくてすむかもしれない」

首を捻って前原が訊いた。

「藤右衛門は、大行院に押し込んだ一味に、大行院から金を借りている者がくわわっているかもしれない、と疑っているのか」

「ぎりぎりの元手で茶屋や局見世を開いた者たちは、商いがうまくいってなければ、見世をつづけるための金をつくらねばなりません。金を手にする手立ては稼ぐか、借りるか、盗むかの三つ。借りた金を返さずにすむような状況になるということは、つまるところ、稼いだのと同じ結果になりませんか」

「そういわれれば、そんな気もするが、しかし」

「前原さん、金に色はついていません。盗んだ金も稼いだ金も、使うときは同じ金です」

「たしかに、そうだ。茶屋の主人たちのなかで多額の借金を抱えている者を調べだす必要があるな」

「そのことは、政吉《まさきち》たちに調べさせましょう。政吉は河水楼の男衆。仲間内で世間話をするように装って聞き込ませたほうが、くわしい話が聞き出せるはずです」

河水の藤右衛門は、深川七場所《ななばしょ》のすべてで茶屋をやっている。やくざではないが、深川の遊所を牛耳《ぎゆうじ》る顔役であった。その藤右衛門が調べに乗り出してくれる。ありがたいことであった。

笑みを向けて前原がいった。

「御支配に、藤右衛門が、頼んだこと以外のことも調べてくれることになったと報告しておこう」

「二日のうちに調べておきます」

「早いほどたすかる。急ぎ大行院にもどらねばならぬ。これにて」

脇に置いた大刀を前原が手にとった。

三

座敷の真ん中に大行院の住職が血まみれで畳に伏していた。

しゃがみ込んだ桜井が骸をあらためている。

壁際に、壁半分を占める高さの金箱が置かれていた。

その前に片膝をついた中原が、開けっぱなしにされていた扉のなかを覗《のぞ》き込んでいる。

大きく開けられた襖《ふすま》のそばに立った脇坂が、ふたりの動きを見やっていた。

足音が近づいてくる。

やってきた同心が脇坂に声をかけてきた。

「御頭《おかしら》、深川大番屋北町組支配の大滝様が、引き上げる前に、二、三話しておきたいことがある、といわれて表門の前で待っておられますが」

な」

「深川大番屋北町組支配とは、とくに話し合うこともないが。どうしたものか
首を傾げた脇坂を振り向いて、桜井が声を上げた。

「私が会いましょう。さっきもいいましたが、深川の住人は余所者《よそもの》には、なかなか胸襟《きょうきん》を開いてくれない。聞き込みをかけても、うまくいかないかもしれません。大滝錬蔵は捕物上手《とりものじょうず》と評判の男、何かとつながっていたほうがいいとおもいますが」

「それもそうだな。今後、何があるかわからぬ。うまく取り計らってくれ」

「承知しました」

応じて桜井が立ち上がった。

門前で、錬蔵ら北町組の面々が所在なげに立っている。

大行院の表門を見張ることができる町家の前に、深川鞘番所南町《みなみまち》組支配の与力片山銀十郎《かたやまぎんじゅうろう》と配下の同心大熊五郎次《おおくまごろうじ》、飯尾釜太郎《いいおかまたろう》、三好幾介《みよしいくすけ》が半円状にならんでいた。

吐き捨てるように三好が声を上げた。

「北町組の奴ら、いったい何を考えているんだ。寺社がらみの事件は、町奉行所の支配外で手を出せぬとわかっているだろうに、門前にいつづけて、みっともない話だ」

横から飯尾が声を上げた。

「御支配、もう行きましょう。見ていても何もならない」

「そういうな。大滝が粘っているということは、何らかの目論見《もくろみ》があってのことだと、おれはおもう」

応えた片山に、大熊がいった。

「御支配は、何かというと大滝さんを贔屓《ひいき》になさる。たしかに大滝さんは捕物上手だが、おれたちとは、かかわりのない相手。私ら南町組は、いままでどおり深川中のめぼしい茶屋や局見世などをまわって、袖《そで》の下を集めて歩いていればいい。そうおもうんですが」

おずおずと飯尾が口をはさんだ。

「御支配、そろそろ引き上げませんか。かれこれ一刻《とき》以上、ここにいます。もう何も起きないとおもいますが」

「拙者もそうおもう」

「御支配、そうしましょうよ。時の無駄ですよ」

相次いで大熊と三好が声を上げた。

じろり、と一同を見やって片山が告げた。

「おれは、もう少しここにいて、成り行きを見届ける。引き上げたければ引き上げてもいいぞ」

露骨に顔をしかめて、大熊が応えた。

「そんな突《つ》っ慳貪《けんどん》ないい方をしないでくださいよ。引き上げにくくなるじゃないですか。そうだろう、飯尾、三好」

曖昧《あいまい》な笑みを浮かべて飯尾と三好がうなずいた。

芝居っけたっぷりに大きく溜息《ためいき》をついて、片山がいった。

「引き上げにくくなるといわれると、この場に残りにくくなる。仕方がない。おれも引き上げよう」

にやり、として大熊がいった。

「それでこそ南町組の御支配だ。物わかりのいい、いつもの片山さんがもどってきた」

「これで見廻りに出られる」

「さて、どこの見世へまわろうか」

ほとんど同時に三好と飯尾が声を上げた。

歩き出した大熊に飯尾と三好がつづく。

気になるのか、錬蔵たちに一瞥《いちべつ》をくれ、片山が足を踏み出した。

四

深川大番屋《おおばんや》は、新大橋《しんおおはし》近くの万年橋《まんねんばし》のそばにある。その万年橋の架かる小名木川《おなぎがわ》の対岸、小名木川が大川《おおかわ》への流れ入る際に御舟蔵《おふなぐら》があった。

御舟蔵は、舟を納めるところから刀の鞘にたとえられて〈鞘〉ともいわれている。

その御舟蔵が近くにあることから、深川大番屋は、俗に深川鞘番所と呼ばれていた。

その深川鞘番所の北町組支配の用部屋で、錬蔵と向かい合って松倉、溝口、八木、小幡が、その斜め脇に前原と安次郎が座っていた。

大行院門前で、火盗改与力桜井万作との話し合いを終えてから、すでに一刻

（二時間）ほど過ぎ去っている。

一同を見渡して、錬蔵がいった。

「大行院で住職以下を皆殺しにし、金品を奪った盗人一味は、少なくとも昨夜は深川の町中を動きまわっていたのだ。支配違いで立ち入りできぬのは大行院のなかだけだ。盗人たちが一歩でも、大行院から外へ出たら、町奉行所の支配下、盗人一味を捕らえることに何の障害もない。このこと、胆《きも》に銘じてくれ」

無言で一同がうなずいた。

片頬に皮肉な笑みを浮かべて、一刀流免許皆伝の剣の業前《わざまえ》をひけらかす癖《くせ》のある溝口が声を上げた。

「それにしても、桜井という火盗改の与力、実に虫がいいことをいってましたね。『今後の探索の成り行き次第では、深川大番屋の方々とともに探索をすすめることになるかもしれぬ。その折りは、よろしく頼む』などと、日頃手柄争いをしている相手によくいえたものだ」

わきから、同心たちのなかで最も年嵩《としかさ》の松倉がいった。

「桜井様は、深川の土地柄をご存じなのだ。推察するに、桜井様は深川の住人に火盗改の同心や手先たちが聞き込みをかけても、うまくいくまいと推量しておられるのだろう。いつ御上《おかみ》の手入れがあるかわからぬ岡場所にからんで、暮らしのたつきを得ている深川の住人たちは、余所者を警戒する。馴染みのない者が聞き込みをかけても、うまくいくまい」

「そのとおりだ。いまでこそ、おれに警戒の目を向けなくなったが、最初は、目を合わせようともしなかった」

「私もそうでした」

相次いで八木と最年少の小幡が応じた。

話が一段落したところで、錬蔵が口を開いた。

「今日から深更《しんこう》の見廻りを始める。見廻る場所は、川沿いにある寺社がある一角だ。調べることは往来する人の数、川を漕ぎすすむ舟の有無、船遊びを終えたお大尽《だいじん》を乗せた送り舟か、漁に出る漁り船かなど舟の種別、見にくいかもしれないが船頭や客の人相風体《にんそうふうてい》も見極めてもらいたい。溝口と八木、松倉と小幡、前原と安次郎が、それぞれ二人一組となって動いてくれ。それぞれの持ち場だが」

指図する錬蔵のことばに、一同が神妙な面持《おもも》ちで聞き入っている。

真夜中九つ（午前零時）近く、錬蔵は大行院の表門脇の暗がりに立っていた。

櫓下《やぐらした》、裾継《すそつぎ》と深川七場所のうちの二つがつらなっている一帯である。見世見世に灯《とも》っていた提灯《ちょうちん》や行燈《あんどん》看板の明かりは、だいぶ少なくなっていたが、まだ、消えてはいなかった。

（この刻限では、人目があって大行院に表門から押し込むことができない。馬場《ばば》通りをすすみ、永代《えいたい》寺門前仲町と永代寺門前町《もんぜんちょう》の間の通りを右へ折れ、大島《おおしま》川から外記殿堀に出て、舟の行き来の様子をあらためてみるか）

そうおもった錬蔵は、通りへ向かって足を踏み出した。

一の鳥居から入船町《いりふねちょう》へまっすぐに延びた道が、馬場通りであった。

鳥居をくぐり、馬場通りに入ったところで、錬蔵は足を止めた。

歩いてくる座敷帰りの芸者に気づいたからだった。

明かりが少ないせいか、はっきりとは見えないが、その芸者はお紋《もん》によく似ていた。

が、座敷を終えたお紋なら、逆方向の、住まいのある入船町へ向かっているはずであった。

首を傾《かし》げた錬蔵が、一の鳥居の陰に身を移す。

お紋に似た女が、歩いてきた。

目を一点に注いでいる。

女はやはり、お紋であった。

その視線の先に、錬蔵は目を走らせた。

ひとりの女が歩を運んでくる。

刻限と、こざっぱりした出《い》で立ちからみて、堅気《かたぎ》の女とはおもえなかった。

(水茶屋の女か。お紋があの女をつけているのはあきらか。なぜだ)

胸中でつぶやいた錬蔵が、お紋に目を移した。

見られていることに気づいていないのか、お紋は、その女を見据《みす》えている。

突然、お紋が小走りになった。

女に動きがあったのだ。そう察した錬蔵が、再び女に目を移す。

入り堀をすぎたところで、永代寺門前町の辻に立つ茶屋の手前の河岸《かし》道を、左に折れていく女の姿が見えた。

その後を追うように、お紋が左へ曲がる。

鳥居の陰から出た錬蔵が、早足でお紋の後を追った。

入り堀の手前で、河岸道を左へ折れた錬蔵は、十五間《じゅうごけん》川へ向かって歩みをすすめていく。

入り堀が十五間川に注ぐところに架かる猪口橋《いのくち》をすぎたあたりの町家の壁に身を寄せて、お紋が立っていた。

町家の軒下づたいに錬蔵がお紋に歩み寄っていく。

じっと黒江橋のほうを見つめていたお紋が、ゆっくりと足を踏み出した。

再び早足になった錬蔵が、お紋がいたあたりで足を止める。

錬蔵の視線の先に、黒江橋のたもと近くの、永代寺門前仲町の三叉路《さんさろ》の角地にある茶屋の傍《かたわ》らに立つ女に話しかけているお紋の姿があった。

女が、お紋に笑顔を向けているところを見ると、ふたりは久しぶりに出会った知り合いとおもえた。

ふたりの様子を見て、錬蔵は無意識のうちに苦い笑いを浮かべていた。

（お紋の様子が気になったとはいえ、見廻りを怠《おこた》るとは、不謹慎極まる。未熟者め）

胸中でおのれを叱りつけた錬蔵は、見廻りにもどるべく踵《きびす》を返した。

五

　翌朝五つ（午前八時）すぎ、鞘番所北町組の長屋の裏手の物干し場で、お俊《しゅん》が洗濯した着物などを物干しざおにかけている。

　女掏摸《すり》だったお俊は、何度か錬蔵の銭入れを狙ううちに、錬蔵に恋してしまい、片思いのまま、いまでは前原の子の、佐知《さち》と俊作《しゅんさく》の母親代わりとして前原の長屋に同居していた。

　足下に置いた盥《たらい》から、洗濯物の最後の一枚をとろうとしたお俊の手が止まった。

　近づいてくる足音に気づいて振り向く。

　歩いてくるお紋が、笑みを浮かべて小さく頭を下げた。

「お紋さん。どうしたのさ、こんなに早く」

　そばにきたお紋が、お俊に話しかけた。

「気がかりなことがあって、お俊さんに話を聞いてもらおうとおもって」

「役に立てるかどうかわからないけど、話を聞くことはできるよ。これ一枚干したら終わるから、少し待って」

「わかった」

手際よくお俊が、最後の一枚を物干しざおにかけた。

いつもならお俊のまわりで遊んでいる佐知と俊作の姿が見えないことに気づいて、お紋が訊いた。

「佐知ちゃんと俊作ちゃんは」

「前原の旦那が、今日は遅出でね。いま、佐知ちゃんたちは、お父《と》っつぁんから字を教わっているのさ。小名木川の岸辺に出て話そう。あそこなら話を聞かれる心配はない。裏戸の前に盥を置いてくるね」

腰をかがめて、お俊が盥を手に取った。


深川鞘番所の表の木戸門から入ってすぐ右手に小者詰所があり、左手に小者たちが住む長屋が建っている。その先が辻になっていた。

裏門へ向かってまっすぐに延びた通路の右手に南町組、左手に北町組にあてがわれた建家《たてや》がならんでいる。左右それぞれに大番屋役所、その奥に棟続きの長屋、さらにその奥に牢、吟味場と連なっていた。

吟味場の裏手には武術の鍛錬《たんれん》などに使う空き地が、その先には裏門があり、表門と裏門を結ぶように、長四角の塀で敷地が囲われていた。

表門から通りへ出たお俊とお紋は、小名木川の岸辺に立つ柳の木の傍らに立っている。

「さ、話しておくれ」

声をかけてきたお俊を見やって、お紋が話し始めた。

「昨夜、お座敷の帰りに偶然、以前、あたしが妹分の芸者として可愛がっていたお登喜《とき》ちゃんによく似た女を見かけたの。気になって後をつけたら、恋仲の、船宿の船頭佐吉《さきち》さんといつも待ち合わせていた場所に立って、その女が行き来する舟を眺めている。それで、お登喜ちゃんに間違いない、とおもって声をかけたら」

「お登喜ちゃんだったんだね。何年ぶりに会ったんだい」

「三年ぶり。置屋《おきや》に借金を残したまま、お登喜ちゃんは佐吉さんと駆け落ちしたんだよ。三年前にね」

「置屋に借金を残したままというと、お登喜ちゃんは、足抜きしたんだね。置屋の主人に見つかったら大変なことになるんじゃないのかい」

「置屋の主人が生きていたら、ね」

聞き咎めてお俊が訊いた。

「生きていたら、ということは、置屋の主人はもうこの世の人ではないのかい」

うなずいて、お紋が応じた。

「一月《ひとつき》前に、盗人一味に押し込まれ、置屋の主人夫婦と住み込みの下働きのお婆さんが殺されて、金箱や金目の物がなくなっていたんだ。幸いなことに、置屋に抱えられていた七人の芸者は、七人とも座敷に出ていて、命拾いしたと聞いているけど」

「置屋の主人夫婦は、一月前に殺されたのかい。で、お登喜ちゃんは、いつ深川にもどってきたんだい」

「半月前だと、お登喜ちゃんがいっていた」

驚きを露わにお俊が声を上げた。

「何だって。お登喜ちゃんは、置屋夫婦が殺されたことを知って深川にもどってきたんだよ。そうとしかおもえないじゃないか」

「お俊さんも、そうおもうのかい。あたしも、そんな気がして、仕方がないんだよ。どうにも気になるのさ」

「それは、たしかに、気になるだろうねえ」

「あたし、どうしたらいいんだろう」

「どうすればいいのかね」

首を傾げて、お俊が黙り込んだ。

ややあって、顔をお紋に向けてお俊がいった。

「これしかないよ」

「これしかないって、何なのさ」

「大滝の旦那に話してみるんだよ。大滝の旦那は、置屋に盗人が押し込んで、置屋夫婦と住み込みのお婆さんを殺した一件も調べているに決まっている。深川で起きた事件を探索しているのは、大滝の旦那たち北町組だけだからね。南町組は、弱みのありそうな見世見世に出入りして袖の下をもらうことしかやっていないからさ」

「でも、あたしが気がかりなだけで、何の罪も犯していないお登喜ちゃんのことなんか話して、旦那に余計な手間をかけさせるなんて、そんなこと、できないよ」

「何いってるんだい。ひょっとしたら、お登喜ちゃん、置屋に押し込んだ盗人の一味かもしれないじゃないか」

「そんな、お登喜ちゃんが盗人の一味なんて、そんなこと、あるはずがない」

「そうはいっても、お紋さん、お登喜ちゃんのことが気がかりなんだろう。お紋さんが、お登喜ちゃんのことを大滝の旦那に話すことで、旦那が扱っている事件の、手がかりのひとつになるかもしれないじゃないか」

「でも、なんかお登喜ちゃんに疑いをかけるような、そんな気もするし」

「駄目だよ。あたしが一緒にいってあげる。大滝の旦那に。気がかりなことを洗いざらいぶつけるんだよ」

手をのばしてお紋の手を握り、引っ張ろうとしたお俊に、

「わかったよ。旦那に相談する。悪いけど、あたしひとりでいく」

「途中で気が変わるかもしれないから、旦那の用部屋の前までついていくよ。いいだろう」

「悪いね、お俊さん」

「乗りかかった舟だよ。さ、いこう」

お紋の手を握ったまま、お俊が歩き出した。引きずられるようにして、お紋が

つづいた。

六

用部屋で錬蔵は、昨夜の見廻りの結果について、溝口ら同心たちや前原、安次郎から報告を受けた。

その後、会合が終わるのを待ちかねていたかのように、安次郎たちと入れ違いに、お俊とお紋が用部屋に顔を出した。

廊下に立ったまま用部屋に入ろうともしないで、お俊がお紋に告げた。

「ここであたしは用済みだ。旦那、顔を出してすぐに引き上げるのは申し訳ないけど、お紋さんと約束したんだ。お紋さんが、知り合いのことで旦那に話を聞いてもらいたいそうだよ」

いうなり、お俊がお紋の背中を押して、用部屋に入らせた。

「お俊さん、悪いね」

小さく頭を下げたお紋に、笑みを返してお俊が戸襖《とぶすま》を閉めた。

声をかける間《ま》をつかめぬまま、錬蔵に、ちらりと目を向けて会釈したお俊に会釈を返した錬蔵が、向き合って座ったお紋に問いかけた。

「何かあったのか」

「昨夜、お座敷を終えて家へ帰ろうと馬場通りを歩いていたら、昔、妹分の芸者として可愛がっていたお登喜ちゃんによく似た人を見かけて、気になったので後をつけたんです。お登喜ちゃんは三年前に駆け落ちして、行方がわからずじまいで」

口をはさむことなく、錬蔵はお紋の話に聞き入っていた。錬蔵の脳裏に、昨夜の、馬場通りで見かけた、女をつけていくお紋の様子が浮かんでいる。

が、錬蔵は、お紋に、昨夜、お紋を見かけたことを告げなかった。

見かけた、と告げることで、お紋の話の腰を折るような気がしたからだった。

「お登喜は、どこの水茶屋で働いているのだ」

「三十三間堂《さんじゅうさんげんどう》の表門そばの水茶屋〈菱屋《ひしや》〉で働いていて、大島町の裏長屋に住んでいるといっていました」

「三十三間堂門前の菱屋か」

そういって、錬蔵は口を噤《つぐ》んだ。

三十三間堂のある三十三間堂町は、いわゆる岡場所だった。

表門の前の通りは二十間川《にじっけん》に沿っている。その二十間川には船饅頭という安値の女郎が、客を引いては、舟に乗り込み、春をひさいでいた。場所柄、お登喜が働いている菱屋は、客が望めば女を連れ出すことのできる、女郎屋と似たような商いをしている見世であった。

無言で、お紋が錬蔵を見つめている。

その眼差しから、お登喜を、いまの暮らしぶりから抜け出させる、よい手立てはないか、とお紋がこころを砕いていることが読み取れた。

が、錬蔵は、お登喜にたいして疑念を抱いていた。出役した錬蔵はお登喜を抱えていた置屋の主人夫婦と下働きの老婆の、無残に斬り殺された骸をあらためている。

家人、奉公人が皆殺しにされ、金箱や金目の品々が盗まれていた。

大行院に押し入った盗人一味も、同じ手口の畜生働きだった。が、ふたつの事件が、同じ盗人一味がしでかしたことだと、決めつける気は、錬蔵にはなかった。

大行院の盗み同様、置屋に押し込んだ一味の足取りも、たどれていない。

さらに、錬蔵の気にかかったことがあった。

お登喜が駆け落ちした相手は、船宿の船頭の佐吉だ、とお紋から聞かされたとき、錬蔵のなかで、湧き出てきた推測があった。

大行院に押し込んだ盗人一味は、舟を使って大行院の裏門に漕ぎ寄せ、忍び込んだ。いまだに錬蔵はそう考えている。

しばし流れた沈黙に耐えかねたのか、お紋が口を開いた。

「ごめんなさい。旦那が忙しいとわかっていながら、つまらない相談をもちかけて」

かぼそい声だった。

お紋に声をかけられて思案の淵からさめた錬蔵が、

「置屋に盗人が押し込み、家人らを皆殺しにした一件、いま一度調べてみる。お登喜とは、昔と同じ気持ちで付き合ってやれ。おそらく、お登喜は口には出さぬだろうが、苦労に苦労を重ねてきたに違いない。駆け落ちしてから昨日までのことは訊かぬことだ」

「そうします。旦那、それじゃ、これで」

精一杯、明るい笑顔をつくって、お紋が腰を浮かせた。

お紋が引き上げてからほどなくして、錬蔵は用部屋を出た。

見廻りに出かけるまでの間、安次郎は、錬蔵の長屋で時を過ごしている。

「本日ただいまから、一月前、盗人一味に押し込まれた置屋やお登喜、佐吉について調べるのだ」

そう安次郎に指図するべく、錬蔵は早足で長屋へ向かった。

七

長屋へもどると、安次郎が雑巾《ぞうきん》を手に廊下を拭《ふ》いていた。安次郎は、鞘番所に顔を出すと、閑《ひま》をみつけては錬蔵の長屋を掃除してくれる。

長屋に入ってきた錬蔵に気づいて、安次郎が振り向き、歩み寄ってきた錬蔵に声をかけてきた。

「旦那、どうしたんです。あっしらが用部屋が出るのを見計らったように、お紋とお俊がやってきましたが、お紋と喧嘩でもしたんですか」

苦笑いして錬蔵が応じた。

「心配事があって、おれに相談しにきたのだ。お紋の話を聞いているうちに、大行院に押し込んだ盗人一味と手口が似ていることに気がついてな。お紋がらみの話を調べてみようとおもいたったのだ」

「何を調べようというんで」

「用部屋で話そう」

「わかりやした。もう少しで雑巾がけが終わります。終わり次第、用部屋に向かいやす」

「そうしてくれ」

笑みを向けて、錬蔵が踵を返した。

半刻《はんとき》(一時間)後、錬蔵は北町組の役所に設けられた、調べ書などを蔵している書庫部屋にいた。

一月前に起きた、お登喜が抱えられていた置屋に盗人一味が押し込んだ一件の調べ書に目を通している。

置屋には、主人夫婦と下働きの婆さんの骸が残されているだけで、手がかりのひとつも見いだせなかった。

置屋のなかを見てまわりながら、錬蔵は、奇異なおもいにとらわれたことを、いまでもおぼえている。

盗人一味が押し込んだにしては、家のなかが汚れていなかった。その様子に錬蔵は、

（勝手知ったる他人の家、というが、盗人のなかに、ここによく出入りしていた者がまじっていたのではないか）

と、首を傾げたものだった。

その場の光景が、ありありと錬蔵の脳裏に浮かんでいる。

用部屋にやってきた安次郎に、お紋から聞いたお登喜の話をつたえ、

「これからお登喜の動きを見張ってくれ。無駄足になるかもしれぬが、なぜか気にかかるのだ。前原と組んでの見廻りは、おれがおまえに代わって動くことにする」

と告げていた。

（いまごろ安次郎は、お登喜が働いている水茶屋菱屋を張り込んでいるはず）

胸中でつぶやいた錬蔵は、安次郎におもいを馳《は》せた。

昔馴染みの男芸者鯉太郎《こいたろう》とふたり連れで、安次郎は菱屋の緋毛氈《ひもうせん》を敷いた縁台

に座っている。

安次郎が男芸者だった頃には、お登喜は芸者として座敷に出ていなかった。お登喜の顔を知らない安次郎は、男芸者だった頃の弟分の鯉太郎の住まいを訪ねて、

「お登喜の顔を教えてもらいたい」

と頼み込み、菱屋にやってきたのだった。

鯉太郎に気づいたお登喜が、一瞬、顔を強張《こわば》らせたのを安次郎は見逃していなかった。

知らぬ風を装って、お登喜がさりげなく別の客のほうへ注文をききに向かったのを見て、鯉太郎が微笑《ほほえ》みをつくって小声でいった。

「いま知らんぷりをして、注文をききに向こうへいったのがお登喜でさ」

さすがに男芸者だった。傍目《はため》には、鯉太郎の様子は、親しい者同士で世間話でもしているように見えているはずだった。

お登喜の顔がわかったら、菱屋に長居する必要はなかった。

ぽん、と軽く鯉太郎の肩を叩いて安次郎がいった。

「引き上げるか」

立ち上がりながら、懐《ふところ》から取り出した巾着《きんちゃく》に手を突っ込み、安次郎が声を上げた。

「お代はここにおくよ」

緋毛氈に、安次郎が茶代の鐚銭《びたぜに》を置いた。

二章　暗中飛躍《あんちゅうひやく》

一

主人夫婦と住み込みの老婆が殺され、金品を奪われた大島町の置屋《おきや》のまわりを、錬蔵は歩いている。

置屋は、大島川沿いには位置していなかった。

大行院に押し入った盗人一味は、舟を使って外記殿堀に面した裏門から侵入したに違いない、との考えを、錬蔵は捨てきれずにいる。

置屋は河岸《かし》道に面した茶屋の裏手にあった。

置屋の前を通る大島川へ抜ける脇道を、錬蔵は歩いていった。

胸中で、歩数を数えながらすすんでいく。

十七歩で河岸道へ出た錬蔵は、眼前を流れる大島川の景色を眺めた。

視線を流した錬蔵の目が、一点で留まる。

対岸の越中島《えっちゅうじま》の高札《こうさつ》場近くの河岸道に、数台の大八車が止まっていた。大八車の荷台に積まれた多数の樽《たる》が、岸辺に付けた芥舟《あくたぶね》に積み込まれている。遊びにくる客が少ない昼八つ（午後二時）頃に、深川のあちこちで見られる光景であった。

大八車の荷台に積まれた樽の中身は、茶屋や居酒屋などの見世見世から出された、食べ残しの料理や腐りかけで客には出せない魚や青物、使い古しの桜紙などの塵芥《ごみ》であった。

大八車の近くには、芥の高札が立っている。

塵芥を集める芥処理請負人は芥取人《あくたとりにん》と呼ばれ、町奉行所から、〈御堀浮芥浚請負《おほりうきあくたさらいうけおい》〉を認許された証《あかし》の鑑札を与えられていた。

町奉行所には芥改役《あくたあらためやく》という、塵芥処理専任の部署が設けられている。

このところ少なくなったが、以前は、芥取人が、集めた塵芥を築地土木の現場へ運ばずに江戸湾に捨てることが多かった。

塵芥を捨てていないかどうかを、舟で見廻って、捨てられた塵芥を見つけたら、捨てた芥取人を捕らえて、処分するのも芥改役の役務でもあった。

塵芥の処理は、江戸の町々にとって難事のひとつであった。

広い江戸の塵芥の取り締まりは、芥改役だけでは、とうていできることではなかった。

町奉行所の与力、同心たちも、町中で塵芥を収集している場に出くわしたら、作業が手落ちなく行われているかどうか、見届けるように命じられていた。

芥取人たちの仕事ぶりをあらためるべく、錬蔵は脇道を出て右へ曲がり、対岸に渡る平助橋《へいすけ》へ向かって歩を運んだ。

〈江戸中ちりあくた
捨船深川越中島後
芥捨場所え遣し捨へし
若中途ニ捨においてハ
曲事たるへきもの也
戌七月〉

芥の高札を、錬蔵はあらためて読みなおしている。

芥の高札は江戸中に十五カ所、立ててあった。

深川越中島、芝金杉裏《しばかなすぎうら》一丁目、浅草《あさくさ》御蔵《おくら》の後ろ稲荷《いなり》社下の石垣際、浅草平右衛門町《へいえもんちょう》、元新銭座《しんせんざ》、本湊《ほんみなと》稲荷橋川岸、船松町《ふなまつちょう》入堀川岸、明石町《あかしまち》橋際、明石町海手の角、浜御殿《はまごてん》二十間橋出口、北新堀《きたしんぼり》大川端、霊岸島《れいがんじま》四日市《よつかいち》新川口《しんかわぐち》、元浜町《もとはまちょう》川口、浜町の阿部《あべ》豊後守《ぶんごのかみ》の屋敷前、箱崎《はこざき》田安《たやす》屋敷大川方が、その場所である。

高札を読み終えた錬蔵は、大八車に積まれた樽をふたりがかりで持ち上げ、次々と芥舟に運び込んでいく芥取人たちに目を移した。

足を止めた錬蔵は、声をかけようともせず、樽を運ぶ芥取人たちをじっと見つめている。

見張られているような気がしているのか、はじめに錬蔵に小さく頭を下げた後は、できるだけ錬蔵のほうを見ないようにして、芥取人たちは黙々と働きつづけている。

小半刻《こはんとき》（三十分）ほど、その働きぶりを眺めていた錬蔵は、

「引き上げる。深川の遊所のあちこちから異臭がしては、客足が絶える。よろし

く頼むぞ」

声をかけた錬蔵に、芥取人たちが動きを止めて、頭を下げる。

無言でうなずいた錬蔵が、芥取人たちに背中を向けた。

二

菱屋は張り込みやすいところだった。

三十三間堂のまわりには、茶店や水茶屋などが多い。安次郎は、菱屋の出入りを見張ることができる茶店に場所を移して張り込んでいた。

男芸者の鯉太郎と別れて半刻（一時間）ほど過ぎた頃、安次郎はよく見かける男がやってくるのに気づいて、それまで腰をかけていた通りに面した縁台から立ち上がった。

茶店の親爺《おやじ》に、追加の茶と団子を注文しながら、店の奥の、通りから見えにくい別の縁台に腰をかけ直す。

手に風呂敷包みを下げた男は、菱屋に入っていった。

その男は、深川鞘番所南町組同心三好幾介に違いなかった。三好は、小袖《こそで》を着流した忍びの姿だった。帯に十手《じって》も差していない。おそらく、風呂敷包みに巻羽《まきば》織《おり》と十手がくるんであるのだろう。

さほどの間を置くことなく、三好が菱屋から出てきて、左へ折れた。

（水茶屋の茶汲《く》み女を連れ出すつもりか。南町奉行所の同心がきいてあきれる。大滝の旦那や北町組の方々が探索で走りまわっているというのに、何て野郎だ）

胸中でつぶやいた安次郎の目が、驚愕《きょうがく》に大きく見開かれた。

菱屋から出てきた三好の相方の茶汲み女は、お登喜だった。

肩をならべることなく、お登喜が三好から一歩遅れて歩いていく。

（行き着く先は、船宿か出合茶屋だろう。とことん、つけまわしてやる）

ふたりの後をつけるべく、茶代を縁台に置いて安次郎が立ち上がった。

永居橋《ながい》を渡った三好とお登喜は、大和《やまと》橋近くの船宿〈清流《せいりゆう》〉へ入っていった。

あまりにも大胆な三好の行動だった。

いやしくも三好は、鞘番所南町組の同心である。いかに馴染《なじ》みの見世見世から袖の下をねだるための、形ばかりの見廻りとはいえ、三好の顔は、少なくとも深川の岡場所にかかわっている者たちには知れ渡っている。

（巻羽織や十手を身につけていないから、お忍びでやっていることだとまわりは判断するだろう、と勝手な理屈をつけているのだろうが、そんな三好の野郎の思い込みは、世間には通用しない）

清流の前で足を止めた安次郎は、胸中でつぶやき、張り込む場所を求めて、ぐるりを見渡した。

二刻（四時間）ほどして、お登喜がひとりで先に出てきた。

清流の人の出入りを見張ることができる、蕎麦屋で張り込んでいた安次郎は、お登喜に目を注いだ。

こころなしかお登喜の髪がほつれている。歩いていく方向からみて、菱屋にもどるのだろう。

去って行くお登喜から清流を見やった安次郎の目が、清流から出てくる三好をとらえた。

相変わらず風呂敷包みを下げている。疲れたのか、足を止め、左手で右肩を叩いた。

大きく欠伸《あくび》をする。

のっそりとした足取りで、三好が、お登喜とは反対側の方向へ向かって歩きだした。
見失わないほどの距《へだ》たりをおいて、安次郎がつけていく。
亀久橋《かめひさ》を渡った三好は、左へ折れてすすみ、一番目の通り抜けに入っていった。
橋のそばの立木の陰に身を置いて、安次郎が通り抜けを見つめている。
ほどなくして三好が通り抜けから出てきた。帯に十手を差し、巻羽織を羽織っている。
風呂敷は、おそらく、たもとに入れているのだろう。
東平野町《ひがしひらのちょう》の河岸道を、のそのそと三好が歩いていく。
歩調を三好にあわせて、安次郎がつけていった。
深川鞘番所の表門の前で、呆《あき》れ返った顔つきの安次郎が、なかを見つめて立っている。
一度も後ろを振り返ることなく、三好は表門に設けられた潜り口から、鞘番所のなかへ入っていった。

(まっ昼間に水茶屋の女としけこんだ挙げ句、疲れきっての一休みか。いい気なもんだ)

皮肉な笑みを片頰に浮かべた安次郎は、お登喜の様子をあらためるべく、鞘番所に背中を向けた。

あえて菱屋に入って、通りからは見えない縁台に腰をかけた安次郎は、注文をききにきた茶汲み女に小声で話しかけた。小太りで、愛嬌《あいきよう》のある、大福のような顔立ちの女だった。

「通りから二番目の縁台の脇に立っている女《こ》を、連れ出したいんだが」

「お登喜さんを連れ出すのは、無理ですよ」

「無理?」

訊き返した安次郎に茶汲み女が応えた。

「見世に出て三日もしないうちに、わけありの旦那に目をつけられ、三日つづけて通われて、口説《くど》きおとされたんですよ。それから後、わけありの旦那は一日おきに通ってきて、お登喜さんを連れ出していますのさ」

「わけありの旦那って、どんな人なんだい」

「おまえさんと同じように、鞘番所にかかわりのあるお人だよ」

意味ありげな笑みを浮かべた茶汲み女が、揶揄《やゆ》するような口調で応えた。

苦笑いして安次郎がいった。

「何でえ、おれのことを知っていたのかい」

「知ってますよ。北町組の息のかかったお人だろ」

「こいつはまいった。正体がばれてたのかい。たまの息抜きもできねえ。まいったな」

舌を鳴らした安次郎に、茶汲み女がいった。

「ご注文は」

「茶と団子をひとつずつだ」

「団子をひとつ、余計につけておくよ。あたしのおごりだよ、安次郎親分」

渋面《じゅうめん》をつくって安次郎がいった。

「けっ、名前まで知ってやがる。やりにくいぜ、まったく」

苦笑いした安次郎に、

「一言いっておくけど、あたしだったら、いつでも連れ出してもらっていいよ。

見世に連れ出し賃を払ってくれるだけでいいからね。親分だったら、気持ちでつきあっちゃうよ。あたしはお茂《しげ》っていうんだ、おぼえておいておくれ」

半ば冗談のような口調でいって、お茂が笑った。

「わかった、おぼえとくよ。それより小腹が空《す》いてるんだ。握り飯をひとつ、追加してくんな」

「あいよ」

笑みで応えて、お茂が安次郎に背中を向けた。大きな尻をゆらゆらと揺すりながら、板場へ向かって歩いていく。

「でけえ尻《けつ》だ」

呆気にとられたようにつぶやいて、安次郎が通りに目を向けた。

その目が細められる。

視線の先に、菱屋の前を歩いている溝口と八木の姿があった。

（ここらの見廻りは、昼間は溝口さんと八木さんか。短気なところのある溝口さんが、聞き込みをやっている火盗改《かとうあらため》と鉢合わせしたら厄介《やっかい》だぜ）

胸中でつぶやきながら、安次郎は溝口たちの去った方を見つめた。

三

馬場通りをやってきた溝口の足が止まった。気づいて八木が立ち止まる。

「どうした？」

訊いてきた八木に溝口が応じた。

「あれを見ろ」

顎《あご》をしゃくって溝口が指し示した一の鳥居の近くで、中原が茶屋の男衆とおもわれる風呂敷包みを両手に持った男と話している。

「見覚えがある。中原とかいう火盗改の同心だ。聞き込みをかけているようだな」

声をかけてきた八木に溝口が応じた。

「近寄ってみよう。火盗改が、どんな聞き込みをやっているか、お手並み拝見だ」

歩き出した溝口に、

「待て。次の辻で、左右、どちらかに曲がろう。睨《にら》み合うようなことになったら面倒だ。避けよう」

呼びかけた八木を無視して、溝口が中原たちに向かってすすんでいく。

「旦那、勘弁してくださいな。見世を開く刻限が迫っている。桜紙など見世で使う品々を早く届けなきゃいけねえ。遅れたら、親方からどやされます」

困惑しきった様子で男衆が、中原に頼んでいる。

十手を帯から引き抜いた中原が、これみよがしに男衆の目の前で揺らしながら訊いた。

「御上《おかみ》の御用で訊いているんだ。ここで話せないというのなら、火盗改の役宅まできてもらってもいいんだぜ」

凄《すご》みをきかせて中原が睨みつけた。

「旦那、いまは勘弁してくださいよ。とりあえず買ってきた品々を見世に届けさせてくださいな。見世は目と鼻の先だ」

風呂敷包みを持ち上げて、男衆が一の鳥居の大川寄りにある茶屋を指した。

ちらり、目を走らせて中原が、せせら笑った。

「おれに、ここで待っていろ、というのか。ふざけるな。おれは、火盗改の同心だぞ。役宅までこい」

男衆の胸を十手の先でつついた。

「そんな無茶な。あっしは、ちょっと待ってくれ、といっているだけですよ」

「口のきき方に気をつけろ。おまえの態度が気に入らない。来い」

男衆の襟《えり》を中原がつかんだとき、声がかかった。

「火盗改の取り調べは厳しいときいたが、聞き込みもなかなかのものだな」

「何だと」

振り向いた中原の目に、数歩ほど離れた場所に立っている溝口と八木の姿が映った。

「おぬし、たしか」

「深川大番屋北町組同心の溝口半四郎だ。男衆を離してやれ。桜紙など、日々使いつづける品々を買ってきての帰り道だ。足りなければ茶屋の商いにもかかわる。深川は深川七場所など遊所が寄り集まって成り立っている土地《ところ》。そのあたりのことをわきまえぬと深川での聞き込み、探索は成り立たぬぞ」

冷ややかな笑みを浮かべて、溝口がいった。

「不浄役人の指図は受けぬ」

「不浄役人だと。おぬし、喧嘩を売っているのか」

「お望みなら、売ってやる」

十手を帯に差して、中原が大刀の柄《つか》に手をかけた。

「売られた喧嘩だ。買おう」

大刀の鯉口《こいぐち》を切った溝口が、柄に手をのばした。

ふたりが睨み合う。

突然、八木が怒鳴《どな》った。

「男衆が逃げた」

その声に、溝口と中原が振り向いた。

風呂敷包みを手にした男衆が、見世に向かって走って行く。

拍子抜けして、棒立ちとなった中原に溝口が告げた。

「深川では、深川なりのやり方しか通用せぬ。これは忠告だ」

いうなり、溝口が中原に背中を向けた。

八木とともに立ち去って行く。

遠ざかるふたりを悔《くや》しげに見据えて、中原がその場に立ちつくしている。

四

落ち合うことになっていた前原は、すでに河水楼にいた。藤右衛門の控えの間で、錬蔵は藤右衛門と向かい合っている。

大行院から金を借りていた茶屋の主人の調べはまだ終わっていなかった。

「いまのところ、十人の茶屋の主人が金を借りていることがわかっています。調べがすすめば、借金している者の数は増えるでしょうな」

さすがに河水の藤右衛門だった。

（わずかの間に、よく調べ上げてくれた）

と内心、錬蔵は感心していた。錬蔵が訊いた。

「主人たちと大行院の間に、揉《も》め事はなかったのか。たとえば、取り立てが厳しいとか」

苦笑いして、藤右衛門が応えた。

「月々の返済が遅れたら、それは大変な催促だったと、主人のひとりがいっていました。返済日を起点にして、返すと約定した金高《かねだか》の一割を迷惑賃として加算されることになっていて、十日遅れると、返すと約定した金高の二倍を払うはめになる。文句をいえば町奉行所に取り立てを頼むといい出すそうでして」

「大行院が町奉行所に駆《か》け込めば、厳しく取り立てよ、との指図がおれに下される。おれは、双方を鞘番所に呼んで事情を聞くことになるが、まず迷惑賃のことが問題になる。御法度《ごはっと》で定められた利以上を取り立てた迷惑賃の金高を借主に返すよう、大行院に命じることになるだろう」

「そうなったら大行院はお奉行さまに直談判《じかだんぱん》するのではありませんか」

「それはないだろう。もし、御奉行に直談判したとしても、迷惑賃のことは調べ書に記されている。迷惑賃の利は御法度に反している。御奉行は、まっとうな話でないかぎり、おれを黙らせることはできないと知っておられる。迷惑賃のことが表沙汰《おもてざた》になれば、困るのは大行院だ」

笑みを浮かべて、藤右衛門がいった。

「そのこと、迷惑賃のことを話してくれた茶屋の主人につたえておきましょう」

「いずれにしても、借りた金は返さねばならぬ。そのことも、その者につたえておいてくれ」

「わかりました。まず迷惑賃を払わないですむようにしろ、とつけくわえて、つたえておきます」

「それはいい」

応えた錬蔵が、にこやかに笑った。

小半刻（三十分）ほど藤右衛門と話した後、錬蔵は前原とともに河水楼を後にした。

通りに出るなり錬蔵が前原に声をかけた。

「鞘番所にもどる」

「鞘番所に？」

訝《いぶか》しげな声を上げた前原に、錬蔵がいった。

「一月ほど前に起きた、大島町の置屋に盗人一味が押し込んで、置屋夫婦と下働きの婆さんを殺し、金品を奪って姿をくらました一件を調べ直そうとおもってな。とりあえず鞘番所へもどって、調べ書を読み直すつもりだ」

「承知しました」

無言でうなずいて、錬蔵が歩き出す。前原がつづいた。

五

深川鞘番所北町組の書庫部屋で、調べ書に再度あたった後、用部屋にもどって対座した錬蔵が前原にいった。

「抱えていた芸者たちは座敷に呼ばれていて、置屋にいなかった。ということは盗人一味が押し込んだのは、暮六つ半から深夜四つまでの間ではないか。おれは、そう考えている」

「しかし、その刻限は、置屋の面した脇道はともかく、河岸道に出たら、まだ見世見世には明かりが灯《とも》っていて、人の往来があります。盗んだ金品を風呂敷に包んで持ち歩くとしても、酔っぱらいや遊びにきた連中が往来しているなかでは、場違いで目立ち過ぎるのではないでしょうか」

うむ、と首をひねって錬蔵がいった。

「調べ書にあるとおり、聞き込みをかけたが、風呂敷包みを持った連中を見かけた者はいなかった」

「座敷に出ていた芸者たちから聞き出した話から、盗まれたのは少なくとも三百両は入っていたとおもわれる金箱、簪《かんざし》や玉《ぎょく》の置物など、合わせて五十両ほどになる品々だということがわかりました。何かに入れて運ばなければ、とても運べません」

「おれも、そうおもう」

ことばを切った錬蔵が口を噤《つぐ》んだ。

しばしの沈黙があった。

顔を前原に向けて、錬蔵がいった。

「例えば盗人が、釣りの道具を手にした船頭風の形《なり》をして、客と一緒に脇道から出てきて舟に乗り込んだとしたら、誰も場違いだとはおもわないのではないか。おれは、そう推量するのだが」

「御支配は、盗人一味は釣りに出る風を装っていたのではないかと」

「暮六つから深夜四つまでの間、置屋のある脇道に通じる河岸道と、その対岸に張り込んで、大島川をどんな舟が行き来するか、たしかめるべきだと考えている。おれは、大行院に押し込んだ盗人一味と置屋に押し入った盗人一味は、同じ奴らではないかという気がしているのだ」

苦笑いして錬蔵が、ことばを重ねた。

「もっとも、何の根拠もない。あくまでも、おれの勘働きだがな」

「私も、調べてみるべきだとおもいます、あのあたりは大川に出るにも、さほど手間がかからぬところ。酒盛りの後、船宿から舟を呼んで、夜釣りに出る酔狂《すいきよう》な客もいます」

「今夜は夜の見廻りは止《や》めにしよう。深川は多くの川が入り組んで流れている土地だ。川を行き来する舟の種類と動きをいままで刻限ごとに、はっきりと確かめたことはない。出かけよう」

「承知しました」

脇に置いていた大刀を前原が手にとった。


置屋から河岸道へ通じる脇道が交わるところに前原が立っている。

大島川をはさんで向こう岸の、脇道から前原へとまっすぐに延びた線上に、前原と向かい合うように位置した錬蔵がいた。

片手を掲《かか》げて、錬蔵が手を振る。

その所作を合図がわりに、前原が錬蔵に背中を向け、脇道に入っていった。

脇道に足を踏み入れてすぐに、前原の姿が闇のなかに吸い込まれて見えなくなった。

置屋の前までいってもどってきたのか、ほどなくして前原が脇道から出てきた。

錬蔵の推測していたとおりだった。

(脇道から出て来て、河岸道を横切る。目を凝《こ》らして見ていないかぎり、ここからはよく見えない)

胸中でつぶやいた錬蔵が、さらに目を凝らした。

河岸道を横切った前原が、土手から岸辺まで下りていく。

ゆったりとした足取りで歩いてくれ、と前原にはつたえてある。

河岸道を横切り、岸辺に着くまで、さほどの時はかからなかった。

(河岸道を行き来しているのは、酒が入ってほろ酔い気分の者たちがほとんどだ。魚籠《びく》や大型の餌箱、弁当をくるんだ風呂敷包みを手にしていても、気にする者はいないだろう)

錬蔵は、そう判じていた。

大島川の川面に視線を移した錬蔵の目に、大川に向かって漕《こ》ぎすすむ舟が飛び込んできた。

舳先《へさき》に、舟のいる位置を示す、川舟用の箱型網行燈《あみあんどん》の明かりが灯っている。

舟には、商人風の四十から四十半ばぐらいのふたりの男が乗っていた。襟に船宿の名が白地で染め抜かれた印半纏《しるしばんてん》を身にまとった船頭が、艫《とも》で櫓《ろ》を操っていた。

刻限は、夜五つ（午後八時）を過ぎている。

抱えられていた芸者たちが置屋を出払って、座敷をつとめている頃合いだった。

（このくらいの刻限だと、茶屋遊びに飽きて、船宿に舟を仕立てさせ、夜釣りに出かけるお大尽《だいじん》がいることがはっきりしたわけだ。四つ過ぎまで張り込んで、他にも夜釣りに出る者がいるか、どんな類《たぐい》の舟が行き来するか見届けよう）

そうおもいながら錬蔵は、前原と合流すべく、平助橋へ向かって歩みをすすめた。

六

水茶屋菱屋は、船饅頭《ふなまんじゆう》や局見世《つぼねみせ》など、安値で遊女たちと遊ぶことができる遊里のまっただなかに位置するせいか、深夜四つ（午後十時）頃まで見世を開いていた。

茶汲み女たちは遅番、早番の二組に分かれており、お登喜は遅番として働いている。

他愛ない四方山《よもやま》話をしながら、安次郎はお茂から、さりげなく菱屋の商いの仕組みを聞き出していた。

菱屋の人の出入りを見張ることができる茶店、町家の陰などに身を移しながら、安次郎はお登喜が出てくるのを待った。

この間、お登喜が、客に連れ出されることはなかった。

「あくまでも、あたしの推量だけど」

と前置きして、お茂が話したことによると、どうやら三好が、菱屋の主人にそれなりの金を積んで、他の客にお登喜が連れ出されないように頼んでいるような節《ふし》が見うけられるというのだ。

茶汲み女の連れ出し賃は、すべて見世の儲《もう》けになる。売れっ子の茶汲み女は、少なくとも一日二度は連れ出される、とお茂がいっていた。

（三好は、多ければ六十回分の連れ出し賃を払っているはずだ。その金は、すべて深川の茶屋などから受け取った袖の下。三好の野郎、いまごろ、あちこちの見世を歩き回って袖の下を集めるのに精を出しているに違いない。いい気なもんだ）

胸中でそうおもいながら、安次郎は菱屋を見張りつづけている。

深夜四つ（午後十時）に、菱屋が閉める支度を始めると同時に、お登喜がなかから出てきた。

すでに閉められた茶店の傍《かたわ》らに身を潜《ひそ》めていた安次郎の目の前を、お登喜が通り過ぎていく。

見られていないか、まわりに視線を走らせた安次郎がゆっくりと立ち上がった。

見失わないほどの距たりをおいて、安次郎がお登喜をつけ始めた。

馬場通りを一の鳥居へ向かって、お登喜が歩を運んでいく。

（このまま、住まいに帰るのだろう）

そうおもいながら安次郎はすすんでいった。

が、安次郎の推量は、大きく外れた。

入り堀を過ぎたところでお登喜は、永代寺門前町の辻に立つ茶屋の手前の河岸道を右へ折れた。

(見失いそうだ)

一瞬、安次郎は焦った。

小走りになった安次郎は、お登喜を追って、入り堀の先を右に折れた。

十五間川に入り堀が注ぐあたりをお登喜が歩いていく。

早足ですすんだ安次郎は、猪口橋を過ぎたあたりのところで足を止めた。

黒江橋のたもと近くの、門前仲町の三叉路《さんさろ》の角地にある茶屋の外壁に身を寄せて、お登喜が立っている。

お登喜は身じろぎもせず、十五間川を見つめていた。

十五間川を、深川から引き上げる御店《おたな》の主人を乗せた舟や、夜釣りに漕ぎ出す舟などがすすんでいく。

深川に遊びにきたお大尽たちは、駕籠《かご》を仕立てて帰る者が多かったが、堀川の河岸沿いに店を構える者たちのなかには、舟で大川を横切って、それぞれの店のそばを流れる堀川へ入り、水路を使って帰る者たちも少なくなかったのである。

舟が漕ぎすすんでくるたびに、お登喜は身を乗り出すようにして舟に乗っている者たちに目を注いでいる。

何度も、そんな素振りを見せるお登喜を見ているうちに、安次郎は、

(もしかしたら、お登喜は、舟に乗ってやってくると約束した相手と出会うために、この場所へきているのかもしれない)

そう判じながら、お登喜の動きを凝然《ぎょうぜん》と見つめている。

(ここからじゃ、お登喜の顔の動きが、よく見えない。もう少し、近寄るか)

幸いなことに、菱屋にやってきた客として見かけたことはあっても、お登喜は安次郎のことを、よく知らない。そのことが、安次郎に、おもいもかけぬ大胆な行動をとらせた。

足を踏み出した安次郎は、お登喜の表情を盗み見ることができる、町家の外壁沿いに身を移した。

小半刻(三十分)の半ばほど過ぎた頃、お登喜の目が大きく見開かれた。

次の瞬間……。

お登喜が一歩足を踏み出す。

が、足を踏み出したまま、お登喜は動きを止めた。

見開かれていた目は細められ、その顔は陰鬱《いんうつ》そうに歪《ゆが》んでいる。

そんなお登喜の視線の先を、安次郎が探った。

猪牙舟《ちょき》のなかほどに座った、御店の主人とおもわれる羽織を羽織った男が、お登喜のほうを見やっている。

薄ら笑いを浮かべている男の顔が、舟がすすむにつれて、お登喜の姿を求めて横向きに変わっていった。

猪牙舟を操る船頭は、乗せている主人の動きに気づいていないようだった。

背中を向けたまま、お登喜のほうを振り向こうともしない。

猪牙舟は、お登喜の前を通り過ぎ、大川へ向かって遠ざかっていった。

その猪牙舟を、遠ざかるにつれ顔の向きを変えながら、お登喜がじっと見つめている。

そんなお登喜を見据えたまま、

（あの猪牙舟に乗っていた御店の主人風の男とお登喜は、知らぬ仲ではない。もっとも、お登喜はあの御店の主人とおもわれる男を、好ましいとはおもっていない。昔、男芸者だったおれには、そのあたりの機微がよくわかる。伊達《だて》に男芸者の修行を積んではいない）

そうおもった安次郎のなかで、突然、弾《はじ》けたことがあった。

（あの男、どこかで見たような気がする。どこで会ったのか。おもいだせない）

舌を鳴らしたいほどの苛立《いらだ》たしさに、安次郎は襲われていた。

そのとき、お登喜が十五間川に背中を向けて歩き出した。

そんなお登喜の動きが、安次郎を現実に引きもどした。

安次郎は見え隠れに、お登喜をつけ始めた。

七

翌朝四つ（午前十時）過ぎ、用部屋で錬蔵と向き合って溝口ら同心たち、その斜め後ろに前原と安次郎が座っていた。

溝口と八木、松倉と小幡たちから、それぞれが見廻った一帯では、とくに変わった様子は見えなかった、との報告があった。

それぞれが調べた結果をつたえ終えた後、四方山話のような口ぶりで溝口がいった。

「火盗改の聞き込みが、うまくいっていないようです。買い物帰りの茶屋の男衆が、中原とかいう同心に聞き込みをかけられて、困っておりました」

わきから八木が口をはさんだ。

「なるべく火盗改とは、事をかまえないようにしているのですが、昨日は」

顔を八木に向けて溝口が応じた。

「つまらぬことをいうな。御支配に余計な心配をかけるではないか。火盗改から一文句あったら、御支配から話があるはずだ。察するに中原も、その場かぎりのこととして、終わらせたのだろう。おれの忠告が、中原の身に染《し》みたのかもしれぬぞ」

「そうともおもえぬがな。何せ、喧嘩になりかけたのだ。これからは火盗改と出くわしても、気づかぬふりをしてやりすごすべきだと、おれはおもう」

「意気地のないことをいうな。火盗改の奴らに、深川を荒らされてたまるか」

吐き捨てた溝口の剣幕に押されて、

「しかし」

といったきり、八木が黙りこんだ。

ふたりのやりとりが一段落したのを見極めた錬蔵が、ちらり、と安次郎に目を走らせた。

にやり、と意味ありげな笑みを浮かべていた安次郎が、錬蔵の視線に気づいて、あわてて唇を真一文字に引き締める。

すでに安次郎から、

「溝口たちが見廻りのため馬場通りへ向かっているのを見て、聞き込みをやっている火盗改と出くわしたら、一悶着《ひともんちゃく》起きるのではないかとおもった」

と聞いていた錬蔵は、安次郎が浮かべた笑みの意味がよくわかっていた。

そんなふたりの様子に皆目気づいていない溝口たちを見やって、錬蔵が口を開いた。

「どうやら溝口と中原殿の間で、何かあったようだな」

渋面をつくって、溝口が応じた。

「揉めてはおりません。もっとも、何事もなかった、とは、とてもいえませんが」

「いまのところ、火盗改からは何もいってきていない。が、いってこないからといって、諍《いさか》いを起こしていいわけではない。これからは、出くわしたら会釈をして、別れることだ」

「承知しました」

「そうします」

相次いで溝口と八木が応じた。

一同を見渡して、錬蔵がいった。

「前にもいったが、寺社がらみの一件といっても、おれたち町方が踏み込んで探索できないのは寺社のなかだけだ。町なかで動きまわっている盗人たちをお縄にすることはできる。いままで以上に、大行院に押し込んだ盗人一味の探索に精を出さねばならぬ。いいな」

無言で、一同がうなずいた。

そのとき……。

廊下を走ってくる足音が聞こえた。

「また、どこぞに盗人が押し込んだのでは」

声を上げて、安次郎が立ち上がった。

駆け寄った安次郎が、戸襖《とぶすま》を開ける。

眼前に、用部屋の前に立ち止まり、戸襖を開けようとしている小者の顔があった。

安次郎と面《つら》を突き合わせた小者が、驚いたのか甲高《かんだか》い声でわめいた。

「妙念寺《みようねんじ》に、盗人が押し込みました。いま自身番の番太《ばんた》が知らせにきました」

「妙念寺に盗人が」

「また寺か」

同時に、松倉と溝口が声を上げた。

「妙念寺の表門と裏門を固める。火盗改がくるまで、妙念寺に人を入れてはならぬ」

ことばを切った錬蔵が、小者に声をかけた。

「こころきいた小者を火盗改の役宅へ走らせろ。妙念寺に盗人が押し込んだ。急ぎ出役《しゅつやく》してもらいたい。妙念寺に到着されるまでは深川大番屋北町組が、妙念寺に人を入れぬよう表門と裏門を固める、とつたえるのだ。急げ」

「私が火盗改の役宅に走ります」

踵《きびす》を返した小者が廊下を走り去っていく。

一同を見渡して錬蔵が告げた。

「直ちに出役する。支度にかかれ」

眦《まなじり》を決して、一同が強く顎を引いた。

三章　粒粒辛苦《りゅうりゅうしんく》

一

妙念寺に出役《しゅつやく》した錬蔵は、表門を溝口と八木に、裏門を松倉や小幡に、それぞれ配下の小者たちを伴って警固《けいご》するように指図した。

その後、錬蔵は前原とともに、妙念寺のぐるりを見廻った。安次郎は出役しないで、お登喜を張り込んでいる。

江川《えがわ》橋の架かる江川沿いの河岸道には、参詣《さんけい》人たち相手の茶店や菓子司などが建ちならんでいた。

江川沿いに仙台《せんだい》堀へ向かって法乗院《ほうじょういん》、九重塔《くじゅうのとう》や武田信玄《たけだしんげん》一族のもののいいつたえのある石碑が境内《けいだい》にある海福寺《かいふくじ》、仙台堀に架かる海辺《うみべ》橋のたもとにある正覚寺《しょうかくじ》など八つの寺が連なる寺町のはずれ、江川が油堀《あぶらぼり》に流れ入るところに妙念寺は建っている。

江川をはさんで向こう岸にある蛤町には、糠干鰯置場《ぬかほしか》があった。佐賀町《さがちよう》代地つづきの、俗に江川場といわれる場所には、干鰯を商う店がならんでいる。遊所のそばにある大行院と違って、妙念寺の対岸は、夜になると人通りが絶える一帯であった。

足を止めて、錬蔵が対岸の風景を見やった。錬蔵につられるように立ち止まった前原が、声をかけてきた。

「妙念寺には踏み込めないので、なかの様子はわかりませんが、おそらく大行院同様、住職以下寺男に至るまで皆殺しにあっているのでしょうね」

「前原の見立て、まず間違いないだろう。奪われた金品の金高がいかほどになるか、帳面が残されていれば、推量できるのだが、そのあたりのところは、火盗《かとう》改《あらため》にしかわからぬ」

「大行院で盗まれた金品の金高について、火盗改からは何も知らせてこないのですか」

「何もない」

眉《まゆ》をひそめて、前原が不愉快そうにいった。

「支配違いの、火盗改で扱う一件。町奉行所にはかかわりない、ということですか。出役するまで盗みの現場をそのまま残すために、私たちが見張ってやっているというのに、ありがたいともおもわぬ態度、腹が立ちます」

「おれたちは深川の安穏《あんのん》を守るために動いているのだ。火盗改のためにやっているわけではない。それより、気になることがある」

「気になること、といいますと」

鸚鵡《おうむ》返しにいった前原に錬蔵が告げた。

「妙念寺は、大行院同様、さかんに祠堂金貸《しどうきん》しをやっている寺だ。しかし、大行院や妙念寺が多額の祠堂金貸しをやっているのを知っているのは、土地《ところ》の者ぐらいで、余所者《よそもの》には余り知られていない」

「たしかに」

「土地の者しか知らない、さかんに祠堂金貸しをやっている寺が二カ所つづけて盗人に押し込まれた。偶然起きたこととは、とてもおもえない。盗人は明らかに、多額の祠堂金貸しをやって、泡銭《あぶくぜに》を稼いでいる大行院と妙念寺に狙いをつけて押し込んだのだ」

「それでは御支配は、盗人は深川にかかわりのある者だと推察しておられるのですか」

「そんな気がする。が、此度《こたび》は舟を使ったかどうか、見極めがつかぬ。対岸の江川場あたりの景色や、河岸《かし》道沿いにつらなる茶店や菓子司などの町並みからみて、夜には人通りがなくなるはずだ。通りから押し込むこともできる一角だと、おれはおもう」

「私も、そうおもいます」

「舟だとすれば、江川の幅は十間《じつけん》、芥舟《あくたぶね》に、汲《く》み取った糞尿を運ぶ桶船、川魚を捕る漁《いさ》り船などは通るが、船遊びに使う屋根船や屋形舟は入ってこないだろう。通りからと舟を使って押し込んだのと、二つのやり口を押さえて探索をすすめるしかない」

無言で前原がうなずいた。

鞘番所北町組が出役して、妙念寺の表門と裏門の張り番を始めてから三刻（六時間）ほどして、やっと火付盗賊改《ひつけとうぞくあらためやく》役脇坂半兵衛に率いられた火盗改たちがやってきた。

見廻りを終え、表門にもどってきていた錬蔵は、近寄ってきた桜井に、

「一人たりともなかには入れておらぬ。出てきた者はいない。ご存分に調べられ

るがよい。小者たちにも仕事がある。表門、裏門の張り番は火盗改のなかでやりくりしてもらいたい」

そう告げて、溝口ら同心、小者たちとともに妙念寺から引き上げていった。

有無をいわせぬ錬蔵の態度に、どう対処していいか困惑した桜井が、立ち去っていく錬蔵たちを身じろぎもせず見つめている。

二

僧侶の骸《むくろ》が庫裏《くり》の広間のあちこちに散乱している。

その傍《かたわ》らに片膝《かたひざ》をついて、中原ら同心たちが骸をあらためていた。

広間の真ん中に立って火付盗賊改役の脇坂が、同心たちの動きに目を走らせている。

もどってきた桜井に気づいた脇坂が、顔を向けて問いかけた。

「どうした。浮かぬ顔をして」

「大滝殿が引き上げていきました。表門、裏門の張り番を急ぎ手配しなければなりません。いま表も裏も、張り番をしている者はいません。とりあえずすべての門扉に閂《かんぬき》、潜り口の扉に横木をかけてきました」

訝《いぶか》しげな表情を浮かべて脇坂が問いかけた。

「張り番の小者たちも引き上げていったというのか。大行院のときは、張り番の小者だけは残してくれたのに、なぜ此度は」

浮かぬ顔をして、桜井が応じた。

「出役の支度を始めて、妙念寺に到着するまで三刻近くかかっております。大滝殿も一言、小者たちにも仕事がある、といっておりました」

「使いにきた小者から、妙念寺は大行院より大きいと聞いたので、できうるかぎり人集めをしたが、おもった以上に時がかかってしまった。こっちにも都合があることだし、どうしたものか」

うむ、と首を捻《ひね》った脇坂に桜井が告げた。

「とりあえず張り番の手配りをいたしましょう。中原を表門へ、矢崎《やざき》を裏門へまわしましょうか」

「ひとりで大丈夫か」

「やむを得ません。人手が足りぬ折り、ひとりで張り番させるしかありませぬ」

「まかせる。手配してくれ」

「承知しました」

振り向いて、桜井が告げた。

「中原、矢崎。門前の張り番を命じる。中原は表門へ、矢崎は裏門へ急げ。そのふたつの骸は、おれが代わってあらためる」

「承知」

隣り合うようにして骸をあらためていた中原と矢崎が立ち上がった。

「承知しました」

相次いで応えた中原と矢崎が、急ぎ足で広間から出ていった。

顔を脇坂に向けて、桜井が話しかけた。

「御頭《おかしら》、手遅れにならないうちに、早めに話しておきたいことが」

「何だ」

「実は、中原たちの聞き込みがうまくいっておりません」

「うまくいかない理由は、やはり土地柄か」

「そうです。大行院のある一帯は、櫓下など岡場所が隣り合っているような、いわば深川の遊所のなかの遊所ともいうべきところ、茶屋で働く海千山千の男衆や遣《や》り手婆《てばばあ》など、それなりに扱いにくい輩《やから》が集まっている土地でもあります。聞き込む相手が、いまどんな有り様にあるかを見極めなければ、十手《じって》をふりかざして御上《おかみ》の御威光《ごいこう》をひけらかしても、ことばたくみにはぐらかされて、訊きたいことも訊けないまま終わってしまいます」

眉間に皺《しわ》を寄せて、面倒くさそうに脇坂がいった。

「深川の聞き込みがやりにくいことは分かった。桜井が本所《ほんじょ》育ちで、若い頃は、深川の悪所通いをしていて、深川のことを知り抜いていることも知っている。桜井のいうとおりに動く。どうすればいいのだ」

顔を寄せ、ひそひそ話をするような口調で桜井が応じた。

「大滝殿率いる鞘番所北町組の面々を抱き込むのです」

「抱き込む？　どういうことだ」

つられたように声を潜《ひそ》めて、脇坂が訊き返した。

「やり方は考えなければなりませんが、御頭が、深川大番屋北町組に此度の寺社がらみの一件の探索を手伝ってもらえぬか、と申し入れるのです。我々とともに動くことで、町奉行所配下の大滝殿以下の者でも寺に踏み込んで調べることができます。深川のことを熟知している大滝殿なら、我らが見落としているような手がかりを見つけ出せるかもしれません」

不快を露わに脇坂が応じた。

「あんまり気がすすまぬな。町奉行所の手を借りたということになると、火盗改の面目《めんぼく》にかかわる」

「この際、面目など、どうでもいいことです」

「面目など、どうでもいいとは、どういうことだ」

「大行院と妙念寺が、相次いで盗人に押し込まれ、住職以下、寺男まで皆殺しにされたと幕閣の御歴々の耳に入っても、それほどの格式でもない寺院、探索の遅れを咎《とが》められることはありませぬ。が」

「が、何だ」

鸚鵡《おうむ》返しをした脇坂に、桜井が、

「万が一、富岡八幡宮《とみおかはちまんぐう》か永代寺に盗人が押し込み、神官や僧侶らを皆殺しにして金品を奪って逃げ去り、そのことが上様の耳に入ったときは、どういうことになるとおもわれますか」

応じて、逆に問い返した。

はっ、と気づいて、おもわず呻《うめ》いた脇坂が、

「火付盗賊改役は何をしている。役目が果たせぬのか、ときついお叱りがあるだ

ろうな。いや、下手すれば御役御免になるかもしれぬ」

苦々しい口調でいった。

「いずれにしろ、御頭の考え次第です。大滝殿たちに探索を手伝ってもらうか否か、御頭の腹が決まりましたら、指図してください。御頭の指図にしたがいます」

脇坂をじっと見つめて、桜井が告げた。

「時をくれ」

目を逸《そ》らして、脇坂が応じた。

三

さっき菱屋に入っていった一癖ありそうな、遊び人風の男が、小半刻（三十分）もしないうちに出てきた。

出てきた男は、近くの川沿いに立つ立木の傍らに立って、浮島《うきしま》のようにつらなっている木置場を眺めたり、ぐるりを見渡したりしている。

菱屋の人の出入りを見張ることのできる茶店の縁台に腰をかけた安次郎は、遊び人風の男が、時折、菱屋に目を向けていることに気づいていた。

菱屋の茶汲み女を連れ出すときには、男が先に出てきて、つづいて女が出てくる。それから後は、男が町人だったら、女と連れだって歩いていく。武士だったら、女が一歩遅れてついていく。それがふつうの形だった。

遊び人風の男は、茶汲み女を連れ出してはいないようだった。が、素振《そぶ》りからみて、菱屋から出てくる誰かを待っているのはたしかだった。

遊び人風が菱屋から出てきて、小半刻の半ばほど過ぎた頃、菱屋から出てきた茶汲み女を見て、安次郎は大きく目を見開いた。

出てきた女は、お登喜だった。

立木のそばに立っている遊び人風に向かって、お登喜が歩み寄っていく。

あと二、三歩で、お登喜が遊び人風のそばに行き着くとおもわれたところで、遊び人風が立木のそばから離れて、歩き出した。

数歩ほどの距《へだ》たりをおいて、お登喜が遊び人風についていく。

(遊び人風の男は、お登喜を迎えにきたのだ。様子からみて、男は、お登喜とは何のかかわりもないようにみせようとしている。なぜだ)

そう判じた安次郎は、縁台から立ち上がった。

懐《ふところ》から巾着《きんちやく》をとりだし、手を突っ込んで鐚銭《びたぜに》をつまみだした安次郎は、

「お代はここにおくよ」

奥にいる親父に向かって声をかけ、縁台に鐚銭を置いた。

巾着を懐に入れながら、安次郎は通りへ出た。先を行く遊び人風とお登喜に目を注ぎながら、安次郎は歩を移していく。

漁師たちが多数住む一帯は、俗に浜十三町《はまじゆうさんちよう》と呼ばれていた。大島町、中島町《なかじまちよう》、熊井町《くまいちよう》、奥川町《おくがわちよう》、黒江町、東黒江町、蛤町横店、蛤町一丁目、同二丁目、同上《かみ》二丁目、相川町《あいかわちよう》、同半町《はんちよう》、永代寺門前町が、浜十三町に属する町々であった。

深川の漁師たちは、毎年七月十五日には、猟師町からと称して、将軍に生きた手長海老《てながえび》百匹を納進《のうしん》していた。

猟師町は佐賀町、熊井町、相川町、清住町《きよずみちよう》、諸町《もろまち》、富吉町《とみよしちよう》、黒江町、大島町の八町である。

また、猟師町は、将軍が川筋にお成りのときはお手廻りの物を船で運ぶ役目も担っていた。

馬場通りをまっすぐにすすむと福島橋《ふくしま》にぶつかる。おおまかにいって、その福島橋の周辺が浜十三町と呼ばれる一帯だった。

福島橋を渡って左へ折れた遊び人風とお登喜は、河岸道をすすみ、諸町の船宿〈八潮《やしお》〉に入っていった。

つけてきた安次郎は、八潮に近寄ろうとして、足を止めた。

八潮のてまえ、一軒目と二軒目との間にある通り抜けから、おずおずとした足取りで出てきた三十そこそこに見える男が、町家の外壁に身を寄せて、八潮の二階を見上げた。がっちりした体軀《たいく》の、浅黒く日焼けした、目鼻立ちのはっきりした、いい男だった。

男に目を注ぎながら、安次郎は立ち木の陰に身を移した。

男は、小半刻ほど八潮を見つめていたが、やがて、首を大きく左右に振り、手の甲を目に当てて、こすった。

遠目で、はっきりとは見えなかったが、安次郎には、男が溢《あふ》れ出た涙を拭《ぬぐ》ったようにおもえた。

さらに首を左右に振ると、男は、八潮に背中を向けた。

その後ろ姿に、安次郎は見覚えがあった。

(どこかで見かけたことのある後ろ姿だ。お登喜がらみのことだったような気がする)

そうおもった瞬間、安次郎の脳裏に、突然浮かび出た光景があった。

永代寺門前仲町の、黒江橋のたもと近くに立っていたお登喜が、突然、数歩足を踏み出した途端、身を固くして立ち止まったときの光景だった。

その視線の先に、油堀を隅田川に向かって漕《こ》ぎすすむ、御店《おたな》の主人風の男を乗せた舟が見えた。

薄ら笑いを浮かべてお登喜の方を振り向いた主人風の男の顔に、安次郎は見覚えがあった。

その顔の主が、どこの誰だったか安次郎は、いまだに思い出せずにいる。

(その男から、おれはその舟の船頭に目を移した)

胸中でつぶやいた瞬間、安次郎は、通り抜けから出てきて八潮の二階を見上げていた男の後ろ姿と、船頭の後ろ姿がよく似ていることにおもいあたった。

(あのときの船頭といまの男は、同じ奴かもしれない。いや、そんなことがあるはずがない。おれのおもい込みだ。が、待てよ)

推測を重ねた安次郎の耳に、錬蔵から聞いた、お登喜の過去の一件が甦《よみがえ》ってきた。

「三年前、お登喜はたがいに惚れ合っていた船宿〈満月《まんげつ》〉の船頭、佐吉と駆《か》け落ちした。お登喜は置屋《おきや》にまだ二十両ほどの借金が残っていた。つまるところ、お登喜は足抜きして、駆け落ちしたのだ」

錬蔵から聞いたお登喜と佐吉の話が、安次郎にひとつの推測をもたらした。あの夜の、見覚えのある御店の主人風の乗った舟の船頭といまの男は、佐吉かもしれない。が、もし、いまの男が佐吉だとしたら、お登喜が水茶屋菱屋で働いていて、三好某《なにがし》を客にとっていることも知っているのではないか。思案をおしすめた安次郎は、

「わからねえ。どうにもわからねえ」

おもわず口に出していた。

そのことばが安次郎を、さらに混乱させた。

首を捻った安次郎は、大きく息を吸い込み、吐き出した。

ともすれば思案の淵に沈み込みそうになる自分自身を、諌《いさ》めるために為《な》した所作だった。

（目の前にあることだけを見つづけるのだ。みょうなおもい込みは、判断を鈍らせるだけだ)

そうこころに言い聞かせた安次郎は、歩き去って行く男の後ろ姿に目を向けた。しばし、男を見据《みす》えていた安次郎は、目を八潮に向け直した。

(あの男は、じっと八潮の二階を見つめていた。二階にお登喜を呼び寄せた相手がいることを知っていたのかもしれない)

そうおもった安次郎は、苦い笑いを浮かべた。

(まだ、いまの男にとらわれている)

気持ちを切り替えるべく、安次郎は、空を見上げた。

青い空に白い雲が浮かんでいる。

ふっ、と軽く息を吐き出した安次郎は、再び八潮に目を向けた。

(お登喜が出てくるまで見張りつづける)

安次郎は、おのれに、そう言い聞かせていた。

四

妙念寺からもどった錬蔵は、溝口ら同心たちや前原とともに用部屋に入った。

円座を組むなり、溝口が声を上げた。

「火盗改の奴ら、何を考えてるんですかね。私らが妙念寺に着いて張り番を始めてから奴らがやってくるまで、半日は過ぎてましたよ。今度、どこぞの寺に盗人が押し込んでも、火盗改には、事件が起きたことを知らせに小者を役宅に走らせるだけにしませんか。張り番している間に、見廻りができましたよ」

わきから小幡が不満そうにいった。

「聞き込みのやり方も横柄極《おうへい》まる。昨日、見廻りをしていたら、茶屋の男衆が近寄ってきていうには『十手をひけらかし、御上風《おかみかぜ》を吹かしての火盗改の聞き込み、腹が立って、その日一日、気分が悪かった。鞘番所の旦那方から、火盗改に、聞き込みするにも相手の都合を考えてやったらどうだ、と意見してもらえませんか』と、まあ、そんな具合で、とんだとばっちりでしたよ」

首を傾《かし》げて、松倉が口をはさんだ。

「小幡に話しかけてきたのは、河水楼の政吉です。政吉も聞き込みをかけられたそうです。政吉にいわせれば『自分は鞘番所の旦那方のお手伝いで聞き込みをやらせてもらってるから、聞き込みのやり方もある程度わかっています。それで、多少の我慢もできますが、他の男衆は、そうはいかない。何人かの男衆から、おれたちは火盗改の態度に腹を立てていて、このまま、いまのやり方をつづけるのなら、火盗改の奴らを見かけたら石の一つも投げつけることになる、と鞘番所の旦那方につたえてくれ、といわれた』と苦笑いしていました。困ったものです」

小さくうなずいて、八木がいった。

「この間も、そうだったな。買い物帰りで、急いで見世にもどろうとしている男衆に中原という火盗改の同心が、十手を手にして、しつこく聞き込みをかけていました」

身を乗り出すようにして、溝口が声高《こわだか》にいった。

「御支配、さっきもいいましたが、今後、寺に盗人が押し込んでも、張り番はなしにしてください。鞘番所には、やることがいっぱいある。火盗改のために時をついやしたくない。無駄骨としかいいようがない」

返答を待って、同心たちが錬蔵を見つめた。前原も、錬蔵が口を開くのを待っている。

一同を見渡して錬蔵がいった。

「仏の顔も三度、と諺《ことわざ》にある。おれは仏ではない。火盗改には、二度も付き合った。やり過ぎるくらい、やってやったとおもっている。大行院で張り番をしてやり、盗人が押し込んで荒らしたままの有様をそのまま残しておいてやった。その後、大行院探索の結果をわずかでも知らせてくるかとおもったら、梨の礫《なしのつぶて》だ。今日、付き合ったのは成り行き上、しかたがなくてやったこと。今後は、火盗改から、しかるべき挨拶《あいさつ》があってから動くことにする。ただし、溝口がいうように、新たにどこぞの寺社に盗人が押し込んだら、事件が起きたことだけは知らせてやるつもりだ」

ぽん、と膝を叩いて、溝口がいった。

「さすが、御支配。そのことばを聞いて、腹の虫が少しおさまりました」

八木たちに視線を流して、溝口がことばを重ねた。

「そうだろう、御一同」

無言で、松倉ら同心たちや前原がうなずく。

話が一段落したのを見届けて、錬蔵が口を開いた。

「大行院や妙念寺で何人殺され、いかほど金品が盗まれたかわかっていなくとも、おれたちの手で盗人一味を捕らえることはできる。寺社、武家地以外の場所は、おれたち町奉行所の支配下にあるところだ。このまま、火盗改に探索をまかせていては、深川の安穏は守れぬ、とわかった。おれたち鞘番所北町組の手で、盗人一味を捕らえるのだ」

身を乗り出して溝口がいった。

「御支配のそのおことば、待っておりました。鞘番所北町組の面目にかけて、われらの手で盗人一味を捕らえましょう」

そのことばに呼応するように、同心たちや前原が顔を見合わせる。

じっと一同を見据えて錬蔵がいった。

「推測するに大行院や妙念寺に盗人一味が押し込んだのは、真夜中九つ半から八つ半までの間だろう。真夜中九つ頃まで明かりが灯《とも》っている岡場所の近くを、徒党を組み、盗み出した金品を抱えて、人目につかぬように動きまわるのはむずかしい。何度も考えてみたが、おれは盗人一味は舟を使って移動したのではないかとおもっている」

おずおずと松倉が口をはさんだ。

「しかし、大行院や妙念寺のあるところは浜十三町と猟師町が重なるあたりとその近辺、川魚目当ての夜釣りの舟も出ています。舟を使うにしても、その刻限、怪しまれずに漕ぎすすむのはむずかしいのではありませんか」

松倉の疑念に錬蔵が答えることはなかった。

厳しい口調で錬蔵が告げた。

「今後狙われる寺は、大行院や妙念寺と同じように、祠堂金貸しで大儲《もう》けしている寺だろう。真夜中九つ半から八つ半にかけて、祠堂金貸しで稼いでいる寺の近くにある川をどんな類《たぐい》の舟がすすんでいるかどうか調べるのだ。溝口と八木は仙台堀沿い、松倉と小幡は大島川から二十間川沿い、おれと前原は油堀や十五間川沿いを探索する。当分の間、昼八つすぎから明け方まで動きまわることになる」

眦《まなじり》を決して、一同が強く顎《あご》を引いた。

五

半刻（一時間）後、錬蔵は河水楼の主人控えの間で、藤右衛門と向き合っていた。錬蔵の斜め脇に前原が控えている。

座るなり、藤右衛門が錬蔵に話しかけてきた。

「妙念寺に盗人が押し入ったそうですね」

「さすがに藤右衛門、もう耳に入っているのか」

応じた錬蔵に、藤右衛門がいった。

「昼前には、知っておりました。政吉の知り合いの男衆が、鞘番所北町組の旦那方が、妙念寺の表門と裏門を固めて、張り番をしている、と知らせてきました」

笑みをたたえて、藤右衛門がことばを重ねた。

「火盗改の旦那方の聞き込みが、十手をひけらかし御上の御威光をかさにきての横柄なやり方で、とても我慢ならない。そのうち悪さを仕掛けてやる、といきまいている茶屋の男衆や遊び人たちがいるとも聞いていますが」

苦笑いして、錬蔵が応えた。

「そのこと、政吉から聞いた話、ということで松倉と小幡からおれにつたわっている。火盗改の面々は、深川の住人たちとの付き合い方を知らないのだ」

「深川は岡場所で成り立っている土地《ところ》。けいどうをやられるたびに、職を失い、餓死する者が何人か出ています。大滝さまはじめ鞘番所北町組の旦那方のように、深川に馴染《なじ》んでくだされば、住人たちは仲間として迎え入れるでしょうが、本当のところは御上は嫌い。それが深川っ子の本音です」

「耳が痛い。しょせん、おれも公儀の役人。悪事を働けば、深川の住人でも捕らえて裁きにかけねばならぬ」

「深川を住みやすくするために働いてくれているかどうかで、こころを許せる相手かどうか見極める。深川の住人は、そのくらいの分別《ふんべつ》は持ち合わせております」

　口調を変えて、錬蔵がいった。

「ところで、今日は新たな頼み事があってきたのだ」

「妙念寺から金を借りている茶屋の主人たちが何人いるか、政吉たちに調べさせています。どこの誰が借りているか、あらかたの見当はついていますが、後々のためにもはっきりしたことがわかったほうがいいとおもいまして」

「ありがたい。実は、他にも頼みたいことがあるのだ」

「他にも頼み事が」

　訊きなおした藤右衛門に錬蔵が告げた。

「此度の、相次ぐ盗人一味の押し込みの手立てだが、おれは舟を使っていると推量しているのだ」

「舟を使って、大行院や妙念寺の近くまですすみ、陸にあがって通りを横切って押し込んだ。そういうことですか」

「そうだ。ところで、深川の茶屋や居酒屋、局見世《つぼねみせ》などは、日々出る塵芥《ごみ》は芥舟の接岸する、塵芥の捨て場へ持って行って芥舟に積み込み、芥舟は築地の普請場《ふしんば》まで、その塵芥を運んでいくというやり方をとっているはずだが」

「そのとおりでございます。もっとも、深川七場所のように大きな茶屋が建ちならぶ遊所では、御上が決めた場所以外に何カ所も、何軒かの見世のための塵芥の捨て場があります」

「芥舟は、何刻ごろ、何日おきに塵芥を集めにくるのだ」

「それぞれの岡場所の塵芥を二日おきに集めにくることになっています。芥舟がまわる刻限は夜の八つ前後、茶屋などの明かりが消え、寝静まった頃です。肴《さかな》づくりの素材の魚介は腐ると異臭が発します。鼻をつくような臭いがする遊所には誰も遊びにきません」

「そのとおりだ。目の前に、どんないい女がいても、腐った魚や糞尿の臭いが漂っていては、興ざめする」

笑みをたたえた錬蔵に、藤右衛門が応えた。

「塵芥と屎尿《しにょう》は、できうるかぎりこまめに捨てるようにしています。汲み取りは、暁《あかつき》七つ前後に行います。ある程度明るくないと、汲み取った屎尿を桶に入れ損なったりして、地面にばらまきかねませんから」

「見世見世で厠《かわや》から汲み取った屎尿を桶に入れ、接岸した桶船に運び込むのだな。深川の遊所の屎尿の汲み取りを一手に引き受けている、桶船を十数艘《そう》持っている汲み取り人がいると聞いているが、おれはその桶船持ちの汲み取り人に会ってみたい。訊きたいことがあるのだ。藤右衛門、仲を取り持ってくれぬか」

「承知いたしました。明日にでも、深川の茶屋や料理屋など見世見世の屎尿、下《しも》肥《ごえ》をすべて汲み取っている砂村《すなむら》六《ろく》把《は》島《しま》扇子《おうぎ》新田、太郎兵衛《たろうべえ》新田の大年寄縫《ぬい》右衛門《えもん》さんにつなぎをとりましょう。ただし、縫右衛門さんの住まいへ行くのは、大滝さまひとりということにさせてくださいませ」

　わきから前原が声を上げた。

「それはなにゆえ」

　きっぱりと藤右衛門がいいきった。

「縫右衛門さんの住まいへ向かう道筋は、深川にとって最重要な秘密ごとのひとつ。向かうときには大滝さまといえども、目隠しをしていただきます」

「けいどうがらみのことか」

問いかけた錬蔵に藤右衛門が応えた。藤右衛門の表情がいつになく厳しい。

「これ以上はご勘弁くださいませ」

深川の芸者、遊女たちはけいどうを恐れていた。

けいどう、とはいわゆる売女《ばいた》狩りで、捕まれば問答無用で、新吉原《しんよしわら》へ下されてしまう。

急にけいどうが入るときには、けいどうが行われるという、日頃から飼い馴らしておいた役人からの知らせが入る。女を扱う見世の主人たちは、急ぎ手配りして、女たちを舟に乗せ、葭沼《よしぬま》を通り葛西《かさい》領、砂村六把島、こんにゃく橋という在郷まで内川続きで逃がした。この間道は、深川の茶屋の主人たちのなかでも数人ほどしか知らない事柄であった。

女たちは、土地の大年寄縫右衛門の関係先へすべて逃げ込んで、かくまわれた。

この縫右衛門の女房が深川の呼び出しだったことが縁で、縫右衛門がけいどうから女たちを逃がす役目を引き受けたといわれている。

その礼として、深川の茶屋や置屋など女がらみの稼業のすべての見世の屎尿、下肥を縫右衛門の家系に汲み取らせたのだった。

あらかたの事情は、錬蔵も察していた。

「わかった。縫右衛門がらみのことは、すべて藤右衛門の指図にしたがおう」

「万事おまかせくださいませ」

じっと錬蔵を見つめて藤右衛門が応じた。

六

見世見世の軒行燈《のきあんどん》や提灯《ちょうちん》に明かりが灯っている。

通りは、遊びにきた男たちや座敷に出る芸者たち、男たちの袖《そで》を引く女たちの嬌声《きょうせい》で賑わっていた。

入り堀の先を右へ折れたお紋は、門前仲町の茶屋〈小松屋《こまつや》〉へ向かって歩いていく。

一つ目の三叉《さんさ》を左へ曲がろうとしたお紋は、入ろうとした通りから、すれ違うようにして出てきて左へ曲がった着流しの男に、見覚えがあるような気がして足を止めた。

男は黒江橋のほうへ向かっていく。

先夜、黒江橋のたもとの三叉の際に建つ茶屋の外壁に身を寄せて、お登喜が立っていたことをお紋はおもいだしていた。

(お登喜ちゃんは、むかしから座敷帰りに、黒江橋の茶屋のそばで、佐吉さんが舟でやってくるのを待っていたっけ)

そうおもった瞬間、お紋のなかで浮かび上がったことがあった。

(さっきすれ違った着流しの男、佐吉さんに似ている)

気づいたお紋は、歩き去る男に目を注いだ。

後ろ姿が佐吉に似ていた。

(佐吉さんかもしれない。つけてみよう。けど、佐吉さんだったら、なぜ、お登喜ちゃんは、先夜、佐吉さんも一緒だ、といわなかったんだろう。佐吉さんじゃないかもしれない。でも、よく似ている)

胸中でつぶやきながら、お紋は男の後を追いはじめた。

歩いていく男は、黒江橋のたもとの茶屋の外壁に身を寄せて立ち止まった。

無意識のうちに、お紋も足を止めていた。

男が立っているところは、いつもお登喜が佐吉を待っていたところと同じだった。

(間違いない。佐吉さんだ)

そう判じたお紋は、小走りで近寄っていった。

足音に気づいて男が振り向く。

振り向いた顔は佐吉のものだった。

「佐吉さん」

呼びかけようとして、お紋が口を開きかけた。

が、驚愕《きょうがく》して顔を歪《ゆが》めた佐吉の、嫌悪を露わに睨《にら》みつけた、あまりにも剣呑《けんのん》な形相《ぎょうそう》に、お紋は口を閉じた。

足が竦《すく》んだのか、お紋は金縛りにあったかのように、その場に棒立ちになっている。

次の瞬間……。

目を逸《そ》らした佐吉は、お紋に背中を向けるや走り出した。

何が何だか、お紋にはわけがわからなかった。

佐吉は黒江橋を渡って、遠ざかっていく。我に返ったお紋は、佐吉を追って走り出した。

大川の方から油堀沿いを見廻ってきた錬蔵と前原の足が止まった。

血相変えた男が、ふたりの傍らを走りすぎる。

ただならぬ気配に錬蔵が、走り去る男の後ろ姿を目で追った。

と、前原が声を上げた。

「御支配、お紋さんが」

呼びかけられて錬蔵が振り返った。

前原が指さしたほうを見やった錬蔵の目に、足を止め、何かを探しているかのように左右に視線を走らせているお紋の姿が映った。

「御支配は、羽織を羽織った、いかにも町方役人という出《い》で立ち。お座敷へ出る支度を整えたお紋さんに声をかけられたら、人目につきます。私が、声をかけて自身番へ連れていきます。御支配は私たちについてきてください」

「気をつかわせてすまぬな」

無言でうなずいた前原が、お紋に向かって足を踏み出した。

自身番の一隅で、錬蔵とお紋が立ち話をしている。前原がふたりの前に立ち、番太《ばんた》たちが近づけぬようにしていた。

「何かあったようだな」

問いかけた錬蔵にお紋が応えた。

「佐吉さんを、いましがた佐吉さんを見かけたんです」

「佐吉？　お登喜と駆け落ちした船頭の佐吉か。お登喜は佐吉のことはいっていなかったのだな」

「そうです。それで、あたし、びっくりして、たしかめるために声をかけようとしたら、佐吉さんがあたしに気づいて、驚いた顔をして、逃げ出したんですよ」

「逃げ出した？　佐吉とは顔見知りではないのか」

「お登喜ちゃんと三人で花見に出かけたこともあります。だから、何で逃げ出したのか、わけがわかりません」

「そのあたりのこと、おれが探ってみよう」

着飾ったお紋をあらためて見やって、錬蔵がことばを重ねた。

「お座敷がかかっているのではないか」

「そうです」

「早く行け。茶屋の主人や座を取り持っている芸者たちに迷惑がかかる」

「そうします。それじゃ」

無言でうなずいた錬蔵に会釈しながら、ちらり、と目を走らせたお紋が、踏み出した足を止め、再び、錬蔵を見つめた。

「早く行くのだ」

ことばとは裏腹、錬蔵が優しげな眼差しでお紋を見つめている。

「明日にでも」

無言でうなずいた錬蔵に、お紋が小さくうなずき、目を逸らした。

小走りに自身番から出ていくお紋を見送って、錬蔵が小声で前原に告げた。

「いま安次郎に見張らせているお登喜と駆け落ちした佐吉が、深川にもどってきている。いましがた、お紋が佐吉を見かけて、追いかけたが逃げられたそうだ」

「さっき、走ってきて私たちとすれ違った男が、佐吉かもしれませんね」

「なぜかお登喜はお紋に、佐吉がもどってきた、とはいっていない」

「深いわけでもあるんでしょうか」

「それを、いまから調べるのだ。お登喜を抱えていた置屋に盗人が押し込んだ一件に、お登喜と佐吉がかかわっているかもしれない。抱いた疑念は、ひとつずつ解き明かしていく。手立てはそれしかない」

　無言で前原が顎を引いた。

七

　船宿八潮からお登喜が出てきたのは、深更《しんこう》四つ（午後十時）過ぎだった。

　近くにある通り抜けを転々としながら、張り込みをつづけていた安次郎は見え隠れにお登喜をつけていく。

　八潮のある諸町から、お登喜の住む裏長屋までは、さほどの距たりではなかった。

　福島橋、八潮橋を渡ったお登喜は一の鳥居へ向かって歩を運んで、ひとつ目の丁字路を右へ折れた。

　外記殿堀にかかる外記殿橋を渡ったお登喜は、二つ目の辻を左へ曲がり、さらに二つ目の三叉を右へ折れて、裏通りを歩きつづけた。

　連なる町家の軒下づたいにつけていく、安次郎の足が止まった。

　目を凝《こ》らす。

数軒先にある裏長屋の露地木戸の手前で、お登喜が立ち止まった。
夜目にも、お登喜が息を呑み、躰《からだ》を硬くしているのがわかる。
露地木戸のあるあたりから、ひとりの男が出てきた。
お登喜と向かい合う。
町家の外壁に身を寄せた安次郎からは、お登喜の後ろ姿しか見えない。
薄闇のなか、男の顔は判然としなかった。
と……。
それまで雲に隠れていた月が姿を現し、あたりを朧《おぼろ》な光で照らしだした。
月明かりに男の顔が浮かび上がる。
その顔を見据えた安次郎の顔が、驚愕に歪んだ。
通り抜けから出てきて、八潮の二階を睨みつけていた男に違いなかった。
男がゆっくりと肘《ひじ》を上げ、手を持ち上げる。
握りしめた男の拳《こぶし》が、小刻みに震えていた。
その顔は、怒りを抑えているのか、醜《みにく》く歪んでいる。
お登喜の肩が小刻みに震えていた。
泣き声を懸命に嚙み殺しているのか、嗚咽《おえつ》が洩れている。

身を潜めている安次郎に微かに聞こえるていどの咽《むせ》び泣きだった。

が、その音骨《おとぼね》には、絶望の淵に沈み込んでいるかのような、悲痛なおもいが籠《こ》もっている。

離れたところにいる安次郎も、陰鬱《いんうつ》なおもいに引きずり込まれるような気がして、おもわず顔をしかめた。

男が、一歩、お登喜に歩み寄る。

堰《せき》を切ったように感情が迸《ほとばし》ったのか、ことばにならない声を上げ、お登喜が男に駆け寄った。


その瞬間……。

男が、

「売女」

と、吐き捨てた。

憎悪のありったけをぶつけたような男の音骨は、安次郎のこころを凍りつかせた。

悲鳴に似た声を上げ、お登喜が金縛りにあったかのように立ち尽くす。

憎悪に目をぎらつかせた男が、お登喜をかすめるようにして安次郎のいるほうへ走りだした。

（いけねえ、見つかる）

はっ、とした安次郎が、外壁に背中をもたれかけたまま、ずり落ちるようにして身を低くした。

眼前を男が走りすぎていく。

わずかの間だったが、安次郎は見逃してはいなかった。

男の目から、大粒の涙がこぼれ落ちていた。

走り去る男から、安次郎がお登喜に目を走らせる。

崩れ落ちるように、お登喜が地面にへたりこんだ。

咽び泣いている。

「佐吉さん、あたしゃ、おまえさんを」

懺悔《ざんげ》のようにつぶやいたお登喜のことばは、嗚咽のなかに呑み込まれていった。

（佐吉だって。まさか、いまの男が、佐吉。しまった）

胸中で、安次郎は舌を鳴らしていた。

深川に佐吉がもどっている、と錬蔵はいっていなかった。

そのときの口ぶりからみて、錬蔵は、佐吉がもどっている、とお紋から聞いていなかったのではないか、と安次郎は判じていた。

いまとなってはどうしようもないが、

（佐吉がどこへ帰るか、つけていくべきだった）

とのおもいが強い。

思案しながらも、安次郎はお登喜から目を離してはいなかった。

力なくお登喜が立ち上がる。

まだ、咽び泣いているのか、肩を小刻みに震わせながら、お登喜がよろめくように露地木戸に向かって歩を移していく。

住まいにお登喜が入っていくのを見届けるべく、町家の軒下づたいに裏長屋へ向かって、安次郎が忍び足ですすんでいった。

四章　一点一画《いってんいっかく》

一

住まいにお登喜が入っていくのを、安次郎は露地木戸の陰から見届けた。

刻限からみて錬蔵と前原が、まだ油堀から十五間川沿いの通りを見廻っていると判じた安次郎は、佐吉がお登喜の住む裏長屋の前で待ち伏せしていたことを知らせるべく、足を踏み出した。

ふたりに出会えるかどうかはわからない。が、通りで出くわさなかったとしても、夜八つ（午前二時）前に鞘番所の小者詰所で待っていれば、必ず錬蔵に会うことができると、安次郎は考えていた。

（佐吉のことは、少しでも早く旦那に知らせたほうがいい）

とのおもいが、安次郎にはある。

油堀から十五間川沿いの通りを歩きまわったが、安次郎が錬蔵と前原に行き会うことはなかった。

とうに真夜中九つ（午前零時）は過ぎている。

これ以上、旦那たちを探し回っても無駄足になるだけだ。そう考えた安次郎は、鞘番所へ向かって歩みをすすめた。


突然、鞘番所の小者詰所にやってきた安次郎を、寝ずの番の小者ふたりは驚きの表情を浮かべて迎え入れた。

「悪いが、大滝の旦那がもどられるまで、ここで待たせてもらうぜ」

小者たちに声をかけて安次郎が、板敷の一隅の上がり端に腰を下ろした。

小者のひとりが、安次郎に茶をいれてくれた。

湯呑み茶碗を安次郎のそばに置きながら、小者が話しかけてきた。

「大変ですね、北町組の方々は。大滝さまは、出がけに『もどるのは、暁《あかつき》の七つ過ぎになる。潜り戸の横木を開けてもらいたいので起きていてくれ』といいおいて見廻りに出られました」

「大行院につづいて妙念寺にも盗人が押し込んでいる。一日も早く盗人一味をとらえなきゃいけない、と旦那が仰有《おっしゃ》ってな。旦那がすすんで動かれるんで、手先のおれも手抜きするわけにはいかねえ。辛いところさ」

置かれた茶碗を手にとって、安次郎が一口、茶を飲んだ。

「大変ですね。それにひきかえ、南町組の方々は、事件が起きても探索に乗り出されることもなく、昼間、見廻りに出られるだけで、いつもとまったく変わりません。けど」

いっていいものかどうか迷ったらしく、小者が口を噤《つぐ》んだ。

「けど、何だね？」

「このところ、珍しいことがつづいてましてね」

「珍しいこと？」

「いや、困ったな。つい口が滑ってしまった。どうしよう」

首を捻《ひね》った小者に安次郎がいった。

「もったいぶらないで話してくれよ。毎日、顔を合わせている仲じゃないか」

苦笑いしながら小者が応じた。

「告げ口みたいな気もしますが、そこまでいわれたら隠しているわけにもいきませんね」

「そうだよ。あっさり話しちまいな。楽になるぜ」

「そんなこと、いわないでくださいな。何か悪いことをして調べられているような気になります」

「そういわれりゃ、そうだな。ところで、どんな珍しいことが起こったんだい」

笑みをたたえて、安次郎が訊いた。

「こうなりゃ、話してしまいましょう。珍しいことというのは、事件が起きても、探索している様子も見うけられない南町組の旦那方のなかで、三好さまだけが、やけに北町組の動きを気にされていて、この十日ほど、出かける前に毎日、小者詰所に顔を出されて『昨日、北町組はどういう動きをしていたのだ。だれが何刻頃出かけて、もどってきたのは何刻だったか』と、それこそ根掘り葉掘り」

「訊いてくるというのか、三好さんが」

「そうなんで。それも『何の探索をしているんだ。知っているかぎりのことを教えてくれ』といった具合で、小者の間じゃ、まるで北町組の動きを探っているようだ、と噂しあっているくらいですよ」

小者の話を聞きながら、安次郎の脳裏に浮かび上がったことがあった。

水茶屋菱屋からお登喜を連れ出している三好の姿だった。

まさかお登喜が、三好をたらしこんで、鞘番所北町組の動きを探るようにしむけているのでは。不意に湧いた疑念をおくびにも出さず、安次郎がいった。

「三好さんに、北町組の動きを探るわけがあるともおもえねえが。北町組の動きを知りたくなっているということは、やる気が出てきたということかもしれねえな」

「そうとはおもえませんがね」

「そういうことにしておこうや」

顔を見合わせた安次郎と小者が、意味ありげに、にやり、とした。

二

錬蔵と前原は、夜八つ半(午前三時)過ぎに鞘番所にもどってきた。

小者詰所でふたりを待っていた安次郎を見るなり、ことばをかわすことなく錬蔵が告げた。

「用部屋へ行こう」

歩き出した錬蔵に安次郎と前原がつづいた。

用部屋に入り、ふたりと向き合って座るなり錬蔵がいった。

「安次郎、何があったのだ」

身を乗り出すようにして安次郎が話し出した。

「実は、今日、いや、昨日のことになりやすが、お登喜が昼すぎに菱屋を早引きしました。迎えにきたとおもわれる遊び人風の男が菱屋を出た後、お登喜が出てきて、それから」

男についていくようにお登喜が歩きつづけて、船宿八潮に入っていってから、住まいの大島町の裏長屋に帰るまでの間に起きた出来事を、安次郎が錬蔵にくわしく話して聞かせた。

聞き終えて、錬蔵が訊いた。

「裏長屋の露地木戸の前で待っていた男が立ち去ったときに、お登喜は『佐吉さん』と呼んだというのだな」

「咽《むせ》び泣いていたんで、声は弱々しかったんですが、たしかに、佐吉さん、と聞こえやした」

「佐吉は、お登喜が八潮に入った後、近くの通り抜けから出てきて八潮の二階をじっと見つめていたそうだが」

さらに問いかけた錬蔵に安次郎が応じた。

「そうです。目が潤《うる》んでいたように見えましたが」

「佐吉はお登喜を『売女《ばいた》』と罵った。そのことと、二階を見据《みす》えていた佐吉の目が潤んでいたこととかかわりがあるかもしれぬな」

「あっしもそうおもいやす」

目を、ちらり、と前原に走らせた錬蔵が、再び安次郎を見やっていった。

「実は、安次郎、おれと前原も、佐吉らしい男とすれ違ったのだ」

「何ですって。どこで見かけたんで」

わきから前原が声を上げた。

「油堀沿いを見廻りしていたら、お紋さんが小走りにやってきて、何かを捜しているかのように、あちこちを見やっている。それで声をかけて、一緒に自身番へ行き、御支配がお紋さんと話された」

話を引き継ぐように錬蔵が口をはさんだ。

「お紋の話を聞いて、歩いてきたお紋に気づく前に、おれたちのそばを走り抜けていった男が佐吉だったとわかった。問題なのは、お登喜はお紋に、佐吉が深川にもどってきていることをつたえていないのだ」

「ほんとですかい。ところで、お紋は、どこで佐吉に出くわしたんで」

「道ですれ違い、佐吉に似ているとおもったんでつけたら、黒江橋たもとにある茶屋の外壁に身を寄せて立っている。何でも、その場所は、佐吉とお登喜にとってはわけありの場所だったようで」

はっ、とおもいあたって、安次郎が声を上げた。

「待っておくんなさい。その辻は、あっしも知っておりやす。お登喜も、そこで油堀を見つめて立っておりやした」

首を捻って安次郎が、ことばを重ねた。

「どうも後ろ姿が似ているような気がしたんだ。おれの見立ては間違っていなかった。あのとき、お登喜が数歩足を踏み出したのは、佐吉の姿を見かけたからに違いない。佐吉と後ろ姿が似ている船頭が操る舟に乗っていた御店《おたな》の主人とおもわれる男に見られて、お登喜が躰《からだ》を硬くして立ち止まったが」

ぽん、と自分の膝を平手で打って、安次郎がことばを継いだ。

「あのとき舟に乗っていた御店の主人風の男は、船宿八潮となんらかのかかわりがあるかもしれねえな。しかし、どこかで見たような顔なんだが、どうしてもお

「もいだせねえ」

さらに首を傾げた安次郎に錬蔵が声をかけた。

「そのときのお登喜の様子を、もう少しくわしく話してくれ」

その夜のお登喜の様子と光景を、安次郎が事細かく錬蔵たちに話して聞かせた。

聞き入っていた錬蔵が、うむ、と小さく顎《あご》を引いて、誰にいうともなくつぶやいた。

「八潮も張り込むべきかもしれぬな」

わきから前原が声を上げた。

「お登喜がらみのことは、御支配と私、安次郎の三人で探索をすすめるべきではないかとおもいますが。お紋さんがからんでいることでもありますし、溝口さんたちが探索にくわわれば事を内々ですませることができなくなります」

一膝すすめて安次郎が口をはさんだ。

「あっしもそうおもいやす。何かと四角四面なところのある溝口さんたちには、人のこころの機微がわからないかもしれやせん。あっしがみるところ、お登喜も佐吉も、まだ惚れ合っています。男芸者で培《つちか》ったあっしの目、こと色恋にかんしちゃ、見間違いはありやせん」

無言で錬蔵が、じっと前原と安次郎を見つめた。

（ふたりは、おれとお紋のことをおもんぱかっていってくれているのだ）

そのことを、錬蔵は十分察していた。

が、錬蔵は鞘番所北町組支配だった。溝口たち配下の同心に隠し事をすることにたいする後ろめたさを感じてもいた。

しばしの沈黙があった。

ふたりが、錬蔵が発することばを待って、じっと見つめている。

脳裏に、親しげに声をかけあうお紋とお登喜の姿が浮かんだ。

（お紋がかわいがっていたとはいえ、いまのお登喜の動きはまっとうではない。佐吉もそうだ。ふたりの性根《しょうね》が、ほんとうに腐っているかどうか見極めるまで、とかく先走りがちな溝口たちには、盗人一味の探索に全力を尽くしてもらおう）

胸中で、錬蔵はそうつぶやいていた。

安次郎と前原を見つめて錬蔵がいった。

「心遣《こころづか》いすまぬ。当分の間、お紋がらみのお登喜と佐吉のこと、三人だけのこととして調べをすすめていこう」

ほっとしたように前原が応じた。

「よかった。存分に働きます」

間をおくことなく安次郎も声を上げた。

「こき使ってもらって、けっこうですぜ。それともうひとつ、知らせておかなければいけないことがありやす」

「何だ」

問いかけた錬蔵に安次郎が応えた。

「南町組の三好の野郎がお登喜を菱屋から連れ出して、船宿へ連れ込んでいます。その三好が、十日ほど前から、小者詰所に毎日顔を出しては、あっしら北町組の動きを聞き出しているそうで。さっき、小者のひとりが教えてくれやした」

前原が口をはさんだ。

「まさかとはおもいますが、三好はお登喜の色香に迷って、北町組の探索の動静をお登喜につたえているのではないでしょうか」

「そうかもしれぬ。三好の動き、気になる。明日は、おれが三好をつけてみよう。菱屋からお登喜を連れ出したところへ偶然、通りかかったふりをして三好がどういう出方をするかみてみよう。何かつかめるかもしれぬ」

顔をふたりに向けて、錬蔵がことばを重ねた。

「前原は、安次郎から場所を教えてもらって、八潮を張り込んでくれ。どんな連中が出入りしているか見届けるのだ。余力があれば、八潮の評判も聞き込んでくれ。暮六つに河水楼で落ち合おう」

「承知しました」

「あっしは、いままでどおりお登喜を見張りやす」

「そうしてくれ。お登喜と佐吉に三好、うろんな動きをしている連中がみつかった。大行院や妙念寺に押し込んだ盗人一味に、うまくつながってくれればいいが。どういう成り行きになるか、いろいろと楽しみだ」

不敵な笑みを錬蔵が浮かべた。

三

翌朝五つ半（午前九時）頃、鞘番所にやってきたお紋は、北町組の長屋へ向かって歩いていた。

木刀をぶつけあう音がしている。

その音にひかれるように、お紋は音のほうに歩を移していた。

不意に、お紋が足を止める。

長屋の途切れた向こうがわ、小さな広場になっているところで木刀を構えた俊作が木刀を手にした前原に打ちかかっている。

その前に立った佐知と、その肩に手をかけたお俊が、木刀で打ち合って剣術の稽古をしている前原と俊作を見やっている。

気合いをかけて、俊作が前原に打ちかかっていく。軽くいなした前原が、加減しながら打ちかかった。

必死の形相《ぎょうそう》で俊作が、前原の木刀を受け止める。

頃合いをみて前原が打ち込むのを止め、後ろに下がって青眼《せいがん》に構える。俊作も青眼に構え直し、打ちかかった。

そんな動作が繰り返されている。

ふたりの動きにつれて、お俊と佐知が躰の向きを変えながら、稽古をじっと見つめている。

(佐知ちゃんと俊作ちゃんと一緒にいるお俊さん、まるで母子のよう。前原さんも、務めのときと違って楽しそう。家族って、いい)

胸中でそうつぶやいてお紋が、苦笑いして肩をすくめた。お俊は、前原父子とは、血のつながりがないことをおもいだしたからだった。

「あたしは佐知ちゃんや俊作ちゃんのおっ母《か》さんがわり」

と話したときの、微笑《ほほえ》んだお俊の顔がお紋の脳裏に浮かんだ。

しばしの間、長屋の陰に身を置いたお紋は、前原父子とお俊の仲睦まじい様子を見つめていた。

（話があるから旦那を訪ねてきたのに、お俊さんたちの微笑ましい様子に、つい足を止めちゃって。早く旦那のところに行かなきゃ）

そうおもったお紋は、お俊たちに声をかけそびれたまま、その場を離れた。


錬蔵にあてがわれた長屋の座敷で、錬蔵とお紋が向かい合っている。

盗人が置屋《おきや》に押し込んだこともあり、気になったので安次郎にお登喜を見張らせていること、昨夜、お登喜の住む裏長屋の露地木戸の前で、佐吉がお登喜を待ち伏せしていたこと、ふたりには、何か深いわけがあるらしく、短くことばを交わして、わずかの間の出会いで佐吉は引き上げていったことなどを、お紋に話した後、錬蔵が告げた。

「お登喜はともかく、これからは佐吉と町で出会っても、気づかぬふりをするのだ。お登喜とは、いままでと変わらぬ態度で付き合っていてくれ」

口をはさむことなく、錬蔵の話に聞き入っていたお紋が、おずおずと問いかけた。

「お登喜ちゃんは、何かまずいことに巻き込まれているのですか」

「まだわからぬ。余計な心配はしないことだ。お登喜の性根が腐っているとはおもえぬ。お登喜から何か相談されるようなことがあったら、話のなかみを、おれに逐一知らせてくれ。悪いようにはせぬ」

「そうですか。やっぱりお登喜ちゃんは、この三年の間に、いろいろつらい目にあってきたんですね。可哀相に」

つぶやくようにお紋が応じた。

「歳月は人を変える。よくあることだ。が、その性根まで腐っているかどうか、傍《はた》で見ているだけではわからぬ。安次郎は、お登喜と佐吉は、まだ惚れ合っている。男芸者で培ったおれの目に狂いはない、と自慢げにいっていたぞ」

笑みをたたえていった錬蔵に、

「安次郎さんの、男芸者として座敷で培った目、狂いはないはずです。けど、根っこで惚れ合っていても、わずかなことで諍《いさか》い、意地を張り合って憎しみ合うのも男と女。お登喜ちゃんと佐吉さんが、そんな風になっていなければいいんですが」

応じたお紋が、微笑みをつくり、不安げな眼差しで錬蔵を見つめた。

「成り行きを見守るしかない。いずれわかることだ」

お登喜について知り得たすべてを、錬蔵はお紋につたえなかった。知れば懊悩《おうのう》の種になる。お紋に余計な心配をかけたくない。そう判じた錬蔵の、錬蔵なりのおもいやりであった。

四

菱屋の、通りに面した縁台に安次郎が座ると、小走りにお茂が近寄ってきた。

「久しぶりだね。昨日、大変だったんだよ、ほんとに」

さも親しそうに、お茂が声をかけてきた。

「注文を訊くのが先だろ」

にやり、とした安次郎がからかうようにいった。

「あら、いけない。そうだよね。お客さん、何にいたします」

馬鹿丁寧な、お茂の物言いに、

「お茶をお願いしますよ。できれば、濃くて渋いのを、ね」

精一杯気取って応じた安次郎が、がらりと態度を変え、興味津々に身を乗り出して、ことばを重ねた。

「ところで、大変な事って何だよ。板場に注文を通す前に、話してくれよ」

我が意を得たり、といわんばかりにお茂が前屈《かが》みになって顔を寄せ、話し出した。

「ほんとに大変だったんだよ。お登喜さんが早引きした後、三好の旦那がやってきたのさ。早引きした、とうちの親父さんがいった途端『どうなってるんだ。連れ出すのは、おれだけだという約束じゃなかったのか。連れ出し賃は前払いしてある。いますぐ、お登喜を連れてこい』と、そりゃ、しつこいったらありゃしない。親父さんも困り果て、謝るしかないから、それこそ平謝りで」

「三好の旦那は、いつもいるかいないのかわからないような、目立たない人だが、怒ることもあるんだな。しかし、まあ、怒るんなら、もっと違ったことで怒ってもらいてえもんだな」

「例えば、どんなことで」

「手柄を横取りされたときなんかに、怒ってもらいてえな。もっとも」

意味ありげな、皮肉な笑みを浮かべて、安次郎がことばを継いだ。

「あの旦那が、まっとうに事件の探索をする気になるとはおもえねえがな」

「そうだよね。お登喜さんの尻を追いかけるのが、せいぜいといったところかもしれないね」

にやり、として安次郎が応じた。

「そのとおりだ」

にこり、と笑ってお茂がいった。

「はじめて話があったね」

急にあらたまった顔をつくって、お茂がことばを重ねた。

「お茶でございますね。すぐ持ってまいります」

馬鹿丁寧に頭を下げたお茂が、背中を向けた。

「おもしれえ女だ」

腰を振りながら奥へ向かって歩いていくお茂を見やって、安次郎が笑みを浮かべた。

「安次郎の姿がみえませんが、どうしたんですか」

訊いてきた溝口に錬蔵が応じた。

「おれの用で出かけてもらった。安次郎に話でもあったのか」

「いえ、とくに何もありませんが、いつもいるのにいないんで、何かあったのかなとおもって」

お紋が引き上げてから、小半刻《こはんとき》（三十分）ほど後、錬蔵の用部屋に溝口ら同心たちと前原が集まってきた。

それぞれが探索で知り得た結果を話し終えた後、溝口が錬蔵に安次郎のことを訊いてきたのだった。

連夜の見廻りで、深川を流れる川を行き来する船は、刻限によって違いがある、ということがわかった。

暁七つ（午前四時）頃には川や海へ漁に出る漁《いさ》り船と屎尿《しにょう》を集める桶船が多く、夜八つ（午前二時）前後から暁七つにかけては塵芥《ごみ》を集める芥舟《あくたぶね》や夜釣りに出て引き上げてくる旦那方が乗った釣り舟、昼間は荷船が多かった。

川々を往来する船は、刻限によって、おおまかにわけられる。探索により判明したことをうけて、錬蔵が一同に告げた。

「今日から探索のやり方を変える。大行院と妙念寺に押し込んだ盗人一味の探索を本格的に開始する。いままでは、支配違いのこともあって、火盗改《かとうあらため》の顔を立てて、大っぴらな探索は控えてきた。が、今日から遠慮はしない。溝口と八木は妙念寺界隈《かいわい》の聞き込み、松倉と小幡は大行院近くの聞き込みを始めてくれ」

「火盗改の鼻を明かしてやる」

「腕がなります」

相次いで溝口と小幡が声を上げた。

「支配違いで寺院には踏み込めぬゆえ、大行院や妙念寺にどの程度の被害が出たか、皆目わからぬ。しかし、近所で聞き込みをかければ、あらかたのことはわかるはずだ。探索は出遅れている。遅れをとりもどすべく、力を尽くしてくれ」

無言で、一同が大きくうなずいた。

五

小名木川沿いに立つ柳の木の陰で、錬蔵は三好が出てくるのを待っていた。

小者詰所に顔を出して、三好が出かけていないことをたしかめてある。

ただ三好にかぎらず南町組支配の片山をはじめ配下の同心たちも、昼前に鞘番所から出かけることはなかった。どこをぶらついているかわからぬが、もどってくるのは夜中の四つ（午後十時）前後というのが、南町組の面々の毎日の動きだった。

南町組の者たちは北町組の錬蔵たちと、よほどのことがないかぎり、かかわりを持とうとはしなかった。

このことは、代々鞘番所に詰める南北両町奉行所の与力、同心たちに引き継がれていることであった。

深川鞘番所詰めを命じられる与力、同心たちは、いずれも一癖ありすぎるか、役立たずかのどちらかの、町奉行所では厄介者扱いされている者たちばかりである。

北町組支配として錬蔵が鞘番所に赴いてくるまでは、溝口ら同心たちは、南町組の面々と同じように、見廻りと称して袖の下をもらいに町に出かけていたのだった。

（いまのみんなの、やる気溢《あふ》れる姿が嘘《うそ》のようだ）

やる気をなくして、投げやりな暮らしをつづけていた頃の溝口たちをおもいだして、錬蔵はおもわず微笑みを浮かべていた。

柳の木の陰に立ってから、小半刻（三十分）ほど過ぎた頃、潜《くぐ》り戸が開く音が聞こえた。

目を向けると、三好が鞘番所の潜り口から出てきたところだった。

欠伸《あくび》をしながら、万年橋のほうへ向かって歩いていく。

柳の陰から通りへ出た錬蔵は、見失わないほどの距《へだ》たりをおいて、三好をつけはじめた。


菱屋を見張ることができる葦簀《よしず》張りの水茶屋の、通りからは葦簀で見えにくいところに置かれた縁台に腰を掛け、安次郎が顔を突き出すようにして、道を行き交う人たちを眺めていた。

と、安次郎の目が細められた。

歩いてくる三好の姿が見えた。

小脇に風呂敷包みを抱えている。

その後ろに、三好をつけてくる錬蔵がいた。

（三好の野郎、お登喜を菱屋から連れ出したときに、旦那から声をかけられて、どんな面《つら》をするか楽しみだぜ）

胸中でつぶやいて、安次郎が、にやり、とした。

菱屋に入ったとおもったら、さほどの間も置かずに三好が出てきた。

菱屋から数歩出たところで、三好が立ち止まった。

出てきたお登喜が歩み寄る。

我慢できなかったのか、三好が手をのばし、お登喜の手をつかんだ。

手をとったまま、三好が歩き出す。

そのとき……。

声がかかった。

「三好殿、粋《いき》なことを」

ぎくり、とした三好が、あわててお登喜の手を離す。

おそるおそる振り向いた三好の顔が、驚愕《きょうがく》に歪《ゆが》んだ。

笑みを浮かべた錬蔵が、間近に立っている。

「手を離さずともよいではないか。いや、羨ましい」

そばに寄ってきて、錬蔵が三好に話しかけた。

「実に、羨ましい。若さだな。おや」

風呂敷包みに目を向けた錬蔵が、あらためて三好に目を向け、上から下まで、じろじろと見やって、ことばをつづけた。

「さっきまでは十手《じって》を腰に帯び、巻羽織《まきばおり》を羽織っていたが、いまは身につけておられぬ。風呂敷に包んで、抱えているのか。三好殿が南町組同心であることは、日頃から顔をさらして見廻りをしている以上、深川の住人たちのほとんどが知っている。いまさら巻羽織と十手を風呂敷に包みこむなど情けないかぎり。水茶屋の女を連れ出すのは、若い男として恥ずべきことではない。堂々とやられるがよい」

「いや、それは」

ばつが悪そうに、いいよどんだ三好に、

「自分で着にくいのなら、身どもが着せてあげよう。さっ、風呂敷包みをよこしなさい」

「いえ、それだけはご勘弁を」

「勘弁ならぬ」

厳しい口調で告げた錬蔵に、三好がおもわず息を呑んだ。

「身どもが見届けた以上、黙って見過ごすわけにはいかぬ。このこと、片山殿にも申し上げ、少なくとも町奉行所同心としてとるべき態度、心得にはずれぬように教導してもらわねばならぬ。不心得をさとすに南と北の区別はない」

「それだけは、ご勘弁を。御支配にこのことがつたわるとどんな目にあうかわかりませぬ。御支配はああ見えても、気にくわぬことが起きたときには、歯止めがきかなくなるお方。何をされるか、考えるだけでもそら恐ろしい」

苛々《いらいら》したのか舌を鳴らして、錬蔵が告げた。

「なら片山殿に代わって、身どもが同心の心得を教えてやる。近くにある蕎麦《そば》屋にでもいこう」

「しかし、それは」

未練そうに三好がお登喜に目を走らせた。

すかさず錬蔵がお登喜にいった。

「聞いてのとおりだ。稼業の邪魔をして悪いが、見世へもどってくれ。三好殿は、これから身どもと一緒に出かけることになった。見世にもどるのだ」

「はい。それでは」

ちらり、とお登喜が三好に目を向けた。

半べそをかいたような顔で、三好が力なくうなずく。

小さく頭を下げ、お登喜が菱屋のなかへ入っていった。

「三好殿、まず十手を腰に差し、巻羽織を羽織るのだ。自分でできないのなら、いつでも手伝ってやるぞ」

有無をいわせぬ錬蔵の物言いに、三好が小脇に抱えていた風呂敷包みの結び目をほどきはじめた。


腰を掛けていた縁台から立ち上がった安次郎が、巻羽織を羽織る三好と鋭く見据える錬蔵を見つめている。

「さて、どんな成り行きになることやら。旦那から解き放たれたら、三好は必ず菱屋にもどってくる。どんな面してやってくるか、こいつぁ見ものだぜ」

さも楽しげに、安次郎が薄ら笑いを浮かべた。

六

半刻（一時間）足らずで三好はもどってきた。

さっき錬蔵にいわれて渋々羽織った巻羽織と、十手は身につけていなかった。小脇に風呂敷包みを抱えている。そのなかに巻羽織と十手が入っているのだろう。

焦った顔つきで、せわしなく菱屋に入っていった三好は、さほどの間をおくことなくお登喜を連れて出てきた。

張り込む場所を別の茶屋に変えて、様子を窺《うかが》っていた安次郎が呆《あき》れ返ってつぶやいた。

「何てこった。三好の野郎、お登喜の袖をつかんでいるぜ。昨日は早引きされて会えずじまい、今日は今日で、旦那に邪魔されて、ずっとお預けの有様だ。無理もないといってやりたいけれど、あれじゃまるで色餓鬼《いろがき》だ。どれ、どこへしけ込むか、見届けなきゃなるめえ」

茶代を払うべく懐《ふところ》から巾着《きんちゃく》を取り出しながら、安次郎が立ち上がった。

船宿清流に三好とお登喜が入っていく。

町家の陰に身を潜めていた安次郎が、ふたりの姿が清流のなかに消えたのを見届けて、通りへ出た。

清流の前で安次郎が足を止めた。

先日、三好とお登喜が入っていったのも、清流だった。ひょっとしたら菱屋の茶汲《く》み女たちは、客に連れ出されたら清流に行くようにと、菱屋の親父にいわれているのかもしれない。そうおもった安次郎は、清流の下働きの女でも捕まえ、そのことをたしかめたいとの衝動にかられた。

が、それも一瞬のこと……。

下手に清流に探りを入れたら、お登喜に張り込んでいることをさとられるかもしれない。このまま、しばらく様子をみよう。腹を決めた安次郎は、張り込む場所をもとめて、ぐるりを見渡した。

船宿八潮の建家《たてや》と船着場は、通りをはさんで向かい合うようにつくられている。

船着場には、四艘《そう》の舟が係留されていた。

通り抜けから前原は、八潮の人の出入りを見張っている。

張り込みにくいところだった。

対岸から張り込むことも考えたが、つけていかねばならないような事態が生じたときには、福島橋を渡らなければいけない。

八潮から福島橋までは、さほどの距たりではない。が、対岸に張り込んでいたら、福島橋から八潮までの距たりが二倍になる。つける相手に気づかれてはならない。そう考えていくと、目立つので走るわけにはいかないし、歩いて行けば、相手を見失うおそれがある。

そこで、前原はやむを得ず、近くの通り抜けに身を潜《ひそ》めることにした。

同じならびの建家を見張ることになるので、前原は躰を斜めにし、顔を半分だけ出して窮屈な姿勢で、八潮を見張っている。

すでに二刻（四時間）以上、張り込んでいた。

躰のあちこちが、痛くなり始めている。

張り込んでからいままで、八潮には何の動きもなかった。

あまりの退屈さに、前原は欠伸をした。

開きかけた口が、途中で止まった。前原の目が、大きく見開かれている。

八潮から出てきた法被《はっぴ》を身にまとった船頭とおもわれる男が、通りを横切って船着場に下りていく。

両手に大きな風呂敷包みを提《さ》げていた。

躰つきが佐吉に似ている。

もっとよく見ようとして身を乗り出しかけた前原が、あわてて町家の陰に身を潜めた。

つづいて八潮から出てきた、法被を羽織り、両手に風呂敷包みを提げた船頭らしき男三人が、佐吉に似た男とともに、それぞれひとりずつ四艘の舟に乗り込み、棹《さお》を手にして、艫《とも》に立った。風呂敷包みは船床に置いたのだろう。

頃合いを見計らったように、御店の主人とおもわれる男や、番頭、手代とみえる八人の男たちが、八潮から出てきて、通りを横切っていく。

男たちが、船頭を含めて、一艘の舟に三人ずつ乗り込んだ。

船遊びにでも出かけるのか。首を傾げながら、前原が目を凝《こ》らす。

しゃがんでいる前原には、船着場がよく見えなかった。

外壁に身を寄せられるだけ寄せて、前原が立ち上がる。

御店の主人風を乗せた舟を先頭に、四艘の舟が越中島のほうへすすんでいく。先頭の舟の櫓《ろ》を握っているのは、佐吉に似た男だった。

おそらく大島川から大川へ出て、江戸湾に漕ぎ出すか、あるいは大川を両国《りょうごく》橋近くまで遡《さかのぼ》って、釣りでも楽しむのだろう。

(舟に乗られたのでは、つけていくこともままならぬ。暮六つまで聞き込みでもやるか)

通りへ出た前原は、胸中でそうつぶやきながら、遠ざかる四艘の舟を身じろぎもせず見つめていた。

七

大行院は一の鳥居の近く、黒江町と永代寺門前仲町の境にある。一の鳥居から入船町の境までの通りを、俗に馬場通りと呼んだ。一の鳥居の周辺には、茶屋や蕎麦屋、貸席の料亭などが多数建ちならんでいる。鰻《うなぎ》、牡蠣《かき》、蛤などは深川の名物で、富岡八幡宮や三十三間堂などの寺社に参詣《さんけい》した老若男女《ろうにゃくなんにょ》や遊びにきた客たちで賑《にぎわ》っていた。

まだ参詣の客が多い頃合いである。

日々使い切る桜紙や、足りなくなった肴《さかな》の具材などをくるんだ風呂敷包みを提げた男衆の姿も見うけられた。

酒樽《さかだる》や行燈《あんどん》に使う油樽を積んだ大八車が見世見世の前に横付けされている。それらを男衆と人足たちが見世に運び込んでいた。

お抱えの遊女たちが、見世の前に縁台を持ち出して、道行く人たちを眺めながら、世間話などをしている。

昼八つ（午後二時）過ぎの深川の遊里で、のんびりしているのは、芸者や遊女たちぐらいだろう。

そんな光景に目を走らせながら、松倉と小幡が歩いてくる。

大行院のそばにある蕎麦屋の前で立ち止まった松倉が、小幡に話しかけた。

「昼飯を食う客が一段落した頃だ。店のなかで聞き込みをするわけにもいくまい。小幡、店の親父を連れ出してこい。大行院は隣りだ。蕎麦屋は朝の仕込みが早い。大行院に盗人が押し込んだ夜、不審な物音を聞いたりしているかもしれぬ」

「そうですね。連れ出してきます」

腰の十手を手にとって小幡が蕎麦屋に入っていった。

（十手をちらつかせて親父を連れ出してくるつもりか。小幡も、うまい十手の使い方を覚えてきたようだな）

松倉が、にやり、としているところへ店の親父と一緒に小幡が出てきた。親父は小太りで、背の低い、愛嬌《あいきょう》顔の、人のよさそうな男だった。

大行院の表門と潜り口は、斜めに交差させた竹で塞がれ、人が出入りできないようになっている。

その前に自身番の番太が、ひとりで立ち番をしていた。火盗改から指図されて、やっているのだろう。

番太《ばんた》が、顔見知りの松倉たちに気づいて、頭を下げた。松倉たちも会釈で応じる。

大行院と蕎麦屋の境のところで松倉が立ち止まった。小幡と親父も足を止める。

親父に松倉が話しかけた。

「おれたちも大行院の一件にとりかかることになった。盗人が大行院に押し込んだ夜のことについて訊きたい。どんなくだらないことでもいい。知っていることをすべて話してくれ」

　安堵したように親父の顔に微笑みが浮いた。

「そうですかい。やっと鞘番所の北町組の旦那方が探索に乗り出してくださるんですか。火盗改の旦那方は、こっちが忙しく働いている頃合いでも、ずかずかと店に入り込んできて、聞き込みを始められる。それも何度もですよ。閉口しましたよ、商売の邪魔をされて。だから、いい加減に答えて、早々に追い出してやりました」

「そういうな。おれたちも似たようなものだ。手がかりになりそうなことを聞きだすまで、何度でも足を運ぶ」

「北町組の旦那方は、私らの商いの邪魔にならない頃合いを見計らってきてくださる。何なりと訊いてください。実はうちは、大行院の坊さんや参拝にきた人たちに儲《もう》けさせてもらっていたんですよ。盗人一味を一日も早くつかまえてもらいたい。それがほんとのところで」

「御支配以下、おれたちもそのつもりさ。盗人が押し込んだ夜のこと、気づいたことを話してくれ」

「それが、通りのほうからは何の物音も聞こえなかったんですよ。このあたりは、真夜中まで女たちの嬌声《きょうせい》や、酔っ払いのわめき声が聞こえますが、夜八つ前頃から人の声がきこえなくなります。私が起きるのは暁の七つ過ぎですが、その頃も通りは静かなものでした」

「通りを走る足音はしなかったのだな」

「聞こえませんでした。私は、宵《よい》っ張《ば》りで、夜八つ近くから寝て暁七つ過ぎに起き、仕込みが終わったら、また寝るといった具合でして。八つ近くから七つ過ぎの間は眠っているんで、よくわかりません」

「そうか。その刻限は寝ているのか」

つぶやいた松倉が小幡に目を向けた。

「おそらく、眠っている間に盗人一味は大行院に押し込み、逃げ去ったのではないでしょうか」

聞き咎《とが》めて、親父が口をはさんだ。

「私は、犬の遠吠えでも目がさめるほど耳ざとい男なんです。盗人がひとりならともかく、何人かだったら足音も大きいはず。きっと目がさめています」

「そうか。そうなると盗人一味は」

「どこから大行院に押し入ったか、絞り込むことができます」

顔を見合わせた松倉と小幡が、意味ありげにうなずきあった。

蕎麦屋の親父から聞き込みをしている松倉と小幡を町屋の陰から、中原がじっと見つめている。

（鞘番所の連中がおおっぴらに聞き込みを始めた。本気で探索に乗り出す気だ。妙念寺近辺で桜井さんたちが聞き込みをしている。これからは火盗改と鞘番所の手柄争いになる。このことを早く桜井さんに知らせなければ）

松倉たちに背中を向けた中原が、急ぎ足で歩き出した。

五章　九十九折《つづらおり》

一

暮六つ（午後六時）過ぎ、錬蔵は河水楼の主人控えの間で、斜め脇に控える前原から八潮にかかわる報告を受けていた。藤右衛門は、挨拶《あいさつ》をするために、少し前に顔を出したが、

「急ぎ手配しなければならないことがあるので、暫時《ざんじ》お待ちください」

といって、部屋から退出している。

八潮から佐吉とおもわれる男が出てきた後、つづけて十一人の男たちが現れて八潮の船着場に舫《もや》われていた四艘《そう》の舟に分乗して出かけたこと、その後、近所を聞き込んだら、八潮は一年前に持ち主が変わって、いまは漁師あがりの久万吉《くまきち》という男が主人だということなどを、前原は錬蔵に話してきかせた。

「久万吉は漁師あがりだということだが、浜十三町か猟師町、どっちの漁師仲間

に加わっていたのだろう」

話が終わったと判じた錬蔵が、前原に問いかけた。

「聞き込んだ相手からは、そこまでは聞いておりません」

「あのあたりを縄張りとしている一家は、たしか浜猟《はまりよう》一家だったな。浜猟一家の代貸《だいがし》に訊いたほうが、持ち主がかわった経緯がわかるかもしれぬな」

以前前原は、深川のやくざの一家の用心棒を引き受けて、日々のたつきを得ていた。いまでもやくざたちは、前原のことを親しみをこめて先生と呼んでいる。

「浜猟一家の代貸は岩松《いわまつ》。八潮と浜猟一家は目と鼻の距《へだ》たり。八潮の張り込みの合間をみて聞き込みをかけてみましょう」

「大変だろうが、そうしてくれ」

「承知しました」

廊下側から声がかかった。

「入りますよ」

「入ってくれ」

応じた錬蔵に呼応するかのように、藤右衛門が襖《ふすま》を開けて入ってきた。

向かい合って座るなり、藤右衛門が錬蔵に告げた。

「砂村六把島扇子新田の大年寄縫右衛門のところへ行かせた政吉がもどってきました。縫右衛門は『大滝さまの都合がよいときに、いつでもお会いします』といっていたそうです」

「そうか。できるだけ早く会いたい。たしかめたいことがあるのだ。いまからでも縫右衛門に会いに行きたいくらいだ」

「そういうことなら、いまから行きますか」

「行こう。今夜のうちに話ができれば、探索の輪がひとつ縮まる」

「猪口橋のそばに舟を舫ってあります。船頭代わりに政吉も待たせてあります。私も同道いたします」

「手間をかけてすまぬな」

顔を前原に向けて錬蔵がことばを重ねた。

「聞いてのとおりだ。おれは、これから藤右衛門とともに縫右衛門のところへ向かう」

「承知しました」

「藤右衛門、出かけよう」

脇に置いていた大刀を錬蔵が手にとった。

八潮に向かって、前原が歩を運んでいる。
数軒先が八潮というところで、前原は足を止めた。
首を傾《かし》げる。
八潮には、明かりが灯《とも》っていなかった。
まだ見世を閉めるには、早い刻限だった。
前原が船着場に目を向ける。
船着場には一艘の舟も見えなかった。
(あのとき出たきり、ひとりも八潮にもどってきていないのか)
胸中でそうつぶやいて前原は、八潮に向かって歩き出した。
表戸に紙が貼ってある。そこには、
〈本日、休ませていただきます　主〉
と書かれていた。
河水楼へ向かう前には、なかった貼り紙だった。
雨戸も閉まっている。
昼間や、夜、見世を開けているときには、どの見世も雨戸を閉めない。

夕刻まで開いていた雨戸が、夜に来てみると閉まっている。それは、雨戸を閉めた者が八潮のなかにいることを示していた。

八潮のなかをあらためてみたい。そんなおもいが前原のなかで湧き上がってくる。

が、それも一瞬……。

（これからも八潮を張り込まねばならぬ。下手に探りをいれて、見つかったら取り返しのつかないことになる）

そう判じた前原は、八潮に背中を向けた。

浜猟一家に向かって、前原は歩いていく。

二

舟が岸につけられたのか、船腹が、わずかに岸辺の土に擦《こす》れるような音が聞こえた。

その音をさらに聞き取ろうとして、錬蔵は耳を傾けた。

錬蔵は目隠しをされている。

聞こえてくる音だけが、すべての判断のもとになっていた。

「着きましたよ。目隠しをおとりください」

かけられた藤右衛門の声に、錬蔵が目隠しの結び目をほどいた。

目隠しをとると、錬蔵の目に、闇のなかに広がる田畑とおもわれる一画がうつった。

「砂村新田です。縫右衛門さんの屋敷は、ここから五町ほど行ったところにあります」

先に舟から降り立った藤右衛門が声をかけてきた。

「縫右衛門という大年寄、どんな男か会うのが楽しみだ」

つづいて降りた錬蔵が藤右衛門に応じた。

舟を杭に舫った政吉が提灯《ちょうちん》に灯《あかり》をいれ、案内するべく先頭に立った。一歩遅れて、錬蔵と藤右衛門が肩をならべて、歩いていく。

少し行ったところで、政吉が足を止め、川のほうへ提灯をかざして示した。

「桶船の船着場です。十六艘、杭に係留されています。すべて縫右衛門旦那の持ち舟です」

提灯の明かりの向こうに、多くの桶船が朧《おぼろ》な黒い影となってならんでいた。

提灯をもとにもどして、政吉がつづけた。

「向こうに影のように見えるのが、縫右衛門旦那の屋敷の大甍《いらか》です。もうすぐ着きます」

笑みをたたえて藤右衛門がいった。

「政吉、講釈はそれくらいでいい。急ごう。大滝さまと縫右衛門さんの話の成り行き次第では、日付が変わっても、河水楼にもどれぬかもしれぬぞ」

「そいつは大変だ。急ぎやしょう」

早足となって政吉が歩き出した。

微笑《ほほえ》みを浮かべた錬蔵と藤右衛門が、ちらりと顔を見合わせ、政吉につづいた。

さすがに大年寄の屋敷だった。五百石どりの旗本屋敷にも引けを取らない広大な敷地に、奉公人たちの長屋や納屋が建ちならび、奥に豪壮な母屋が建っている。

贅をつくした接客の間で、錬蔵と向かい合って縫右衛門が座り、錬蔵の斜め脇に藤右衛門が控えていた。政吉は、主人についてきた奉公人たちにあてがわれた部屋で、三人の話が終わるのを待っている。

丸顔で、細い目、小さな口に低い鼻、ひらべったい顔つきで、小柄、小肥《こぶと》り、年の頃は五十がらみの縫右衛門は、見るからに親しみやすい容貌《ようぼう》の持ち主だった。

たがいに名乗りあった後、錬蔵が大行院、妙念寺へ盗人一味が押し込み、寺にいた者たちを皆殺しにし、金品を奪って逃げ去った事件のあらましを縫右衛門に話して聞かせた。

聞き終えた縫右衛門が、口を開いた。

「大滝さまは、盗人一味が舟に乗り、川筋をたどって、大行院や妙念寺の近くまですすみ、裏門のほうから押し込んだのではないかと考えておられるのではないかと、藤右衛門さんから聞きましたが」

「そのとおりだ。とくに大行院については、舟を使ったとしか考えられぬ。大行院は一の鳥居のそばにある。表門が面しているのは、真夜中でも人の往来がある通りだ。寺にいる者たちを皆殺しにしたのだ。とうてい、ひとりではできぬこと。少なくとも数人、あるいは十人余りでやったことだろう」

「盗人一味は桶船を使った。大滝さまは、そう推測しておられるのですね」

「桶船を使った、と決めつけているわけではない。芥舟《あくたぶね》、あるいは夜釣りに行くとみせかけて何艘かの釣り船に分乗し、川筋をすすんだのではないか、と考えている」

わきから藤右衛門が声を上げた。

「夜釣りに出かけるふりをして何艘かの舟に分乗する。それは、ありますまい。目立ちすぎます。盗人が押し込みそうな刻限から判じて、深川の川筋で人に見られても不審がられない舟は桶船か芥舟、私はそう見立てていますが」

苦笑いして縫右衛門が応じた。

「桶船か芥舟か、ということになると、大滝さまも藤右衛門さんも、私の持っている桶船が押し込みに使われた、と疑われているのですな」

藤右衛門が応えた。

「私は縫右衛門さんが持っておられる桶船が使われた、とはおもっていませんよ。けいどうのときの、縫右衛門さんの手際の良さからみて、持っている桶船と、舟を操る船頭衆にたいする徹底した仕切りぶりが推断できます」

「買い被りもはなはだしいような気もしますが、そういってもらえると嬉しいかぎり。いい気分になるものですな」

顔を錬蔵に向けて、縫右衛門が声をかけた。

「大滝さま、何なりとお訊きください。包み隠さずお話しします」

「ここ数日の間に、屎尿《しにょう》の汲《く》み取り以外で桶船を動かしたことはないか」

「ありませんな。桶船をいつ、どこへ動かしたか帳面につけてあります。ご覧になられますか」

「見せていただこう」

うなずいた縫右衛門が、廊下のほうへ向き直り、二度手を打って声をかけた。

「桶船運用帳を持ってきておくれ」

「すぐお持ちします。暫時、お待ちください」

廊下側から襖越しに声が上がった。

所用ができたときに備えて、縫右衛門は奉公人を廊下に控えさせていたのだろう。

「さらにもうひとつ。船頭が縫右衛門の許しを得ず、勝手に桶船を使ったようなことは」

「お帰りになられるときに、たしかめていただければわかりますが、桶船を係留している船着場のそばに、桶船に異変がないか見張るための小屋があります。その小屋には、奉公人がふたり一組、昼と夜、一組ずつ交代で詰めております。まず勝手に桶船を使うことなど、できることではありません」

いったんことばを切った縫右衛門が、笑みをたたえてことばを継いだ。

「屎尿を汲み取り、下肥《しもごえ》として売る。見栄えのいい稼業ではございませんが、深川の茶屋や見世見世の旦那衆のお陰で、糞と小便はただで汲み取らせてもらっております。十所帯ほどの長屋の汲み取りをやったら、屎尿汲み取り賃として、少なくとも年一両から二両、大家さんに払わなければいけません。元手いらずで汲み取った糞と小便は、下肥として近郊のお百姓衆に売ることができます。こんないい商売、めったにありません」

「稼業を落ち度なくやる。そのためには桶船の管理は抜かりなくやる。そういうことか」

「そのとおりでございます。深川の岡場所では、芸者衆や遊女たちが商いの大きな売り物、私にとっては屎尿が売り物。たがいに大事な売り物を守りあう。大滝さまの前で申し上げることではありませぬが、多少御上《おかみ》の目をごまかすぐらいのことはいいのではないか、それで多くの女たちが新吉原へ下げ渡されて、ただ働きをしないですむのなら、いいのではないかと」

　錬蔵が応じた。

「おれの立場ではなんともいえぬ。ただ、これだけはいえる。深川で住み暮らしているほとんどの者が、その日その日を自分なりに一所懸命生きている。貧しさから抜け出せずにいても、精一杯、けなげにな。一方、悪知恵をめぐらして泡《あぶく》銭《ぜに》をせしめるお偉方やお大尽《だいじん》がいる。おれは日々を、精一杯生きている者たちが好きだ」

　うむ、とうなずいて、縫右衛門がいった。

「大滝さま、下肥臭い私だが、これからは親しくお付き合いさせてくださいまし」

　無言で、錬蔵が顎を引いた。

　顔を藤右衛門に向けて、縫右衛門が話しかけた。

「藤右衛門さんのいったとおりのお方だ。帰り道はもちろんのこと、これから大滝さまをお連れするときには、目隠しなしでいらしてくださいな」

「わかりました。そうさせてもらいましょう」

　微笑んで、藤右衛門が応じた。

三

菱屋からお登喜が出てきた。

いつもより早めの夜五つ（午後八時）に仕事を終えたお登喜は、馬場通りへ向かって歩いていく。

通り抜けに身を潜めていた安次郎が、お登喜をつけるべく通りへ出ようと足を踏み出した。

次の瞬間……。

安次郎は動きを止めていた。

町屋の陰から出てきた黒い影が、お登喜をつけていくことに気づいたからだった。

雲間から出てきた月の明かりが、黒い影の顔を朧《おぼろ》に照らし出した。

三好だった。

あろうことか三好は、着流し巻羽織《まきばおり》の、いかにも町奉行所同心といった出《い》で立ちだった。

（いかにお登喜の色香に迷っているとしても、あまりにも分別《ふんべつ》のないことを。せめて、編笠をかぶり、小袖《こそで》を着流した忍びの姿で動くぐらいの気配りをしてもいいんじゃねえのかい）

胸中で、安次郎はそう毒づいていた。

目の前を三好が通り過ぎていく。三好の目はお登喜だけに注がれている。

（あの三好の様子じゃ、多少ざつな尾行をしても気づかれることはあるめえ）

そう判じながら安次郎は通りへ出た。

馬場通りへ出たお登喜を三好が、三好に気づかれぬほどの距たりをおいて安次郎がつけていく。

見え隠れにつけていく安次郎は、今夜はお登喜の足取りが重いことに気づいていた。

誰かはわからないが、おそらく男の相手をさせられるために八潮へ呼びつけられたり、三好に執拗《しつよう》につきまとわれたり、佐吉に売女《ばいた》と罵《ののし》られたり、とお登喜には厄介《やっかい》なことがつきまとっている。

（沈んだ気分に陥《おちい》っても、仕方がない有様だ）

そんなおもいが、安次郎のなかで芽生えていた。

考え事でもしているのか、お登喜はうつむき気加減に歩いていく。

様子からみて、今夜はお登喜は、どこにも寄らないのではないか、と安次郎は推測していた。

が、安次郎の推測は、ものの見事に外れた。

油堀南入堀の手前を右に曲がったお登喜は、黒江橋へ向かって歩みをすすめた。

目をお登喜に注いだまま、三好がつけていく。

三好の後からつけていく安次郎には、お登喜の行き先は、見当がついていた。

先夜と同じところで足を止めたお登喜は、油堀を行き来する舟を見やって、立ち尽くしている。

少し離れたところの町屋の外壁に身を寄せて、三好がお登喜を見つめていた。

立ち木の陰に身を置いて、安次郎がお登喜と三好を見やっている。

小半刻（三十分）ほど、お登喜はそこに立ち尽くしていた。

やがて、小さく首を横に振ると、よろけるようにして踵《きびす》を返した。

肩を落とし、さらにうなだれて歩いていく。

その後を三好がつけていった。

ふたりを尾行する安次郎には、三好の足取りがみょうに弾んでいるように感じられた。

(三好の野郎、何かやらかす気だな)

舌を鳴らしたい気分で、安次郎は歩を移した。


裏長屋の露地木戸に向かって、お登喜が歩いていく。

突然、三好が走り出した。

瞬く間の三好の動きに、安次郎が息を呑んで足を止める。

次の瞬間、三好はお登喜のそばに駆《か》け寄っていた。

驚愕《きょうがく》して、お登喜は棒立ちになっている。

お登喜の手をつかんで、三好が薄ら笑いを浮かべながらいった。

「こんなところに住んでいたのか。お登喜、おまえの住まいで、一晩たっぷり可愛がってやる。おまえは、おれの女だ」

「厭《いや》っ。手を離して」

手を振り払おうとしたお登喜に、三好がなりふりかまわずむしゃぶり付いた。

「許して。堪忍」

息も絶え絶えに、お登喜が身悶《みもだ》えした。

「お登喜、お登喜。おれはおまえに、惚れて」

さらに強く抱きしめたとき、声が上がった。

「火事だ。火事だ」

「火事。どこだ」

火の手を求めて、三好がまわりを見渡した。

その瞬間……。

渾身《こんしん》の力をこめて、お登喜が三好を突き飛ばした。

三好がふらつき、勢いあまったお登喜もよろめいて倒れ込む。

そのとき、さらに声が上がった。

「大変だ。火事だ。人殺しだ」

その声に、長屋の表戸があき、なかから褌《ふんどし》ひとつの男が飛び出してきた。

「くそっ、まずいことに」

呻《うめ》いた三好がお登喜に背中を向け、脱兎《だつと》の如《ごと》く走り去る。

町屋の陰に身を潜めた安次郎の目の前を、背中を丸めて三好が駆けていった。

通りへ出た安次郎が、遠ざかる三好の後ろ姿を見つめて吐き捨てた。

「ざまを見やがれ。この恥知らずめが」

振り向いた安次郎の目が、裾《すそ》を払いながら立ち上がったお登喜が、裏長屋の露地木戸に入っていく姿をとらえた。

入れ違いに出てきた褌一丁の男が、きょろきょろとあたりを見回している。

ひとしきり見渡した男が、首を捻《ひね》りながら露地木戸へ向かって歩き出した。

肩をすくめた安次郎が、

「とんだ人騒がせをしちまった。お登喜をたすけるためだ、善《よ》しとするか」

にやり、として露地木戸に背中を向けた。


とうに日付は変わっていた。

相川町の浜猟一家に出向いた前原は、代貸の岩松が旗本伊東某《いとうなにがし》の屋敷の離れで開帳している賭場《とば》の仕切り人として出かけていると聞き、賭場へ足をのばした。

聞き込むなかみは決まっている。すぐ終わるだろうと判じていた前原の予測は外れた。

賭場は大賑わいで、常連の上客でごった返していた。

仕切り人の岩松は、上客たちの世話を焼くために、賭場のなかを動きまわっている。

こんな有様のときに、聞き込みをかけるべきではなかった。

もう少し客が少なくなって、岩松が閑《ひま》になるまで待とうと考えて、前原は賭場に腰を据えた。

それが大間違いだった。

賭場の客たちは、なかなか帰らなかった。

いまさら引き上げるわけにはいかない。岩松には、ぜひとも訊きたいことがあるのでやってきた、とつたえてある。気難しいところのある岩松の気分を損ねたら、話してくれることも話してくれなくなるおそれがあった。

待つしかない、と腹をくくった前原が、岩松と話ができたのは、夜八つ（午前二時）近くだった。

「船宿八潮を一年前に買い取り、主人におさまった久万吉のことを知りたい。久万吉は以前は漁師だったと聞いたが、猟師町の漁師仲間か、それとも浜十三町の漁師仲間だったのか、知っていたら教えてくれ」

問いかけた前原に岩松が応えた。

「久万吉は、猟師町の漁師仲間でした。が、漁師とは名ばかりで、十年ほど前まで猟師町を拠点にごろをまいていた後藤勇五郎《ごとうゆうごろう》という御家人の次男坊とつるんで、さんざん悪さをしていた遊び人ですよ」

「後藤勇五郎は、いまどこにいるか知らないか」

「十年前、深川の高利貸しが盗人に押し込まれて殺され、有り金はすべて盗まれたらしく鐚銭《びたぜに》一枚残されていなかったそうで。その夜以来、猟師町の遊び人の頭《かしら》だった後藤勇五郎と浜十三町を根城《ねじろ》にしていた遊び人仲間の頭、宵越しの辰造《たつぞう》の姿が消えやした。いまは行く方知れずのままで」

「高利貸しのところに押し込んだ盗人は後藤勇五郎と宵越しの辰造。岩松は、そう睨《にら》んでいるのではないか」

「図星で。あいつらが高利貸しを殺し、持ち金全部盗んで、姿をくらましたに違いない、とその頃は、もっぱらの噂でしたよ」

「そういうことか。ところで久万吉は、何をして八潮を買い取る金を稼いだのだろう」

「そこらへんのところが、よくわからないんで。後藤がいなくなった後、遊び人の頭をつとめるには、帯に短し襷に長し、の連中ばかりになって、いまは遊び人たちには昔の勢いはありやせん。久万吉は、物好きな金主《きんしゅ》を見つけて、ことば巧みに誑《たら》し込み、八潮を買い取る金を出させたんじゃないかとおもいやす。もっとも、これはあっしの推測ですがね」

それ以上は岩松からは何ひとつ聞きだせなかった。岩松は顔を知っているが、久万吉とは深い付き合いはしていない、といっていた。

とりあえず久万吉について、最低限度の聞き込みはできた。そう判じて前原が賭場を出たときは、夜の闇が次第に薄らぎ始めた頃合いだった。

桶船や芥舟が深川の堀川のどこかに接岸して汲み取った屎尿や、集めた塵芥《ごみ》を舟に積み込んでいる刻限でもあった。

とりあえず八潮の船着場へ向かおう。そう決めた前原は八潮に向かった。

八潮の船着場に、舟はもどっていなかった。

ことのついでに大島川から二十間川沿いを見廻ってみるか。そうおもった前原は、さらに歩きつづけた。

蓬莱橋《ほうらい》まで河岸道がつづいている。

前原は橋のたもと近くに接岸している桶船か芥舟を見つけた。

榊原式部《さかきばらしきぶ》の下屋敷の、洲崎弁天《すさきべんてん》寄りの塀が切れたあたりの岸辺だった。その舟に人足たちが桶を積み込んでいた。舟には、すでに多くの桶が積み込まれている。

屎尿も塵芥も、桶に入れて舟に積み込む。遠目には、桶に入っているものの判別はできなかった。

おそらく榊原家の下屋敷から出た屎尿か塵芥を、舟に積み込んでいるのだろう。

（近くに行って桶のなかみを調べてみよう）

そんなおもいに安次郎はかられていた。

が、すぐに武家は支配違いであることにおもい至った。

動いたことが榊原家に知られると、後々面倒くさいことになりかねぬ。判じた前原は、鞘番所にもどるべく歩きだした。

四

翌日の明六つ半（午前七時）過ぎに、安次郎が錬蔵の長屋にやってきた。

長屋の裏手で、木刀の素振りをやっていた錬蔵に安次郎が声をかけてきた。

「旦那、知らせておきたいことがありやす」

いつもは、錬蔵の木刀の素振りが終わるまで安次郎は声をかけてこない。その安次郎が、話しかけてきた。

いつもとは違う様子の安次郎に、錬蔵は木刀の素振りをやめて応じた。

「なかで聞こう」

木刀を手にした錬蔵が長屋に入っていく。安次郎がつづいた。

土間からつづく板敷の間で、錬蔵と安次郎が向かい合って座っている。

昼間、いったん菱屋の前から連れていかれた三好が、もどってきてお登喜を連れ出し、清流に連れ込んだこと、さらに昨夜遅く、住まいへ帰るお登喜を三好がつけていき、裏長屋の露地木戸の前で襲いかかったこと、ふたりをつけた安次郎が「火事だ」などと騒ぎ立て、人目につくことをおそれた三好があわてて逃げ去ったことなどを、一気に話し終えた安次郎に、苦い笑いを浮かべて錬蔵が口を開いた。

「やはり、菱屋にもどったか。話しかけても、三好はずっと上《うわ》の空だった。三好に北町組の動きを探らせているのは、おそらくお登喜だろう。おれは、三好とお登喜を引き離そうとおもって仕掛けたのだ。お登喜と別れたら、三好に北町組を探る理由がなくなるからな」

「旦那、そりゃ端《はな》から無理な話ですぜ。三好はお登喜に惚れている。男も女も惚れたら、痘痕《あばた》も靨《えくぼ》で、道理が通じなくなる。あっしは、そんな男と女を何人も見てきました。いまの三好は、頭がおかしくなっている。おそらく芸者の頃に身につけたお登喜の手練手管《てれんてくだ》に、尻の毛まで抜かれたんでしょうね」

「お登喜には、おれたち北町組の動きを探らねばならぬ理由はない。お登喜の背後に、お登喜に北町組の動きを探らせている何者かがいるのだ」

「あっしも、そうおもいやす」

「三好に見張りをつけねばならぬな。それと小者たちに、三好にかぎらず、南町組の面々に、北町組の動きをつたえてはならぬ、と釘をさしておこう」

溜息《ためいき》をついて、安次郎がいった。

「しかし、なんとかなりませんかね。南町組の旦那方が、もう少し探索に身を入れてくれたら、つまらねえことに気を使わねえですむんですがね」

「南町組には、南町組なりのやり方があるのだ。無い物ねだりをしても、仕方がない」

「そのとおりで」

呆《あき》れたように安次郎が薄ら笑いを浮かべたとき、裏戸ごしに声がかかった。

「御支配、前原です。お俊の代わりに朝飯の箱膳を持ってきました」

「すまぬな。入ってくれ」

戸を開けて入ってきた前原が、安次郎を見て驚きの声を上げた。

「きていたのか。朝飯はすんだのか」

「お登喜を見張らなきゃいけません。三十三間堂のまわりには茶店や一膳飯屋が軒をならべています。そこで食べまさあ」

「そうか」

箱膳を小脇に抱え直して、前原が戸を閉めた。

「お俊の料理の腕も、かなり上達しました。最初はまずいのを我慢して食べていましたが、最近では、子供たちも、お俊に、お俊の得意な料理をつくってくれ、とねだるようになりました」

箱膳を両手で抱え直した前原が、錬蔵に話しかけながら土間から板敷の間に上がった。

箱膳を錬蔵の前に置いて、前原がいった。

「実は、夜の八つ前に八潮の船着場をあらためましたが、舟は一艘も見あたりませんでした。四艘の舟に分乗して出かけたまま、佐吉たちはもどってきておりません。あらためついでに、大島川から十五間川沿いの通りを蓬莱橋まで足をのばしたところ、榊原様の下屋敷の洲崎弁天寄りの岸辺に、桶船か芥舟か定かではありませんが、多数の桶を積んだ船が接岸しておりました。人足が十人あまり、桶を運んだり、積み込んだりしておりました」

「その舟は、芥舟だろう。昨夜、深川の屎尿の汲み取りを請け負っている砂村六把島扇子新田の大年寄縫右衛門と会った。縫右衛門所有の桶船は、勝手に動かせぬよう二六時中、見張りがついている。藤右衛門もその場に立ち合っての話だ。縫右衛門の話に嘘偽《うそいつわ》りはあるまい」

　そこで、ことばを切った錬蔵が、首を傾《かし》げて黙り込んだ。

　ややあって、顔を前原に向けて訊いた。

「榊原様の下屋敷の隣り、洲崎弁天寄りに瑞雲寺《ずいうんじ》がある。まさかとはおもうが、その芥舟の主は盗人一味だったかもしれぬな」

　眉《まゆ》をひそめて前原が呻いた。

「あらためるべきでした。つい榊原様下屋敷にかかわる屎尿か塵芥とおもいこみ、支配違いの相手、後々面倒なことになってもいかぬと、余計な斟酌《しんしゃく》をしました」

「あっしがひとっ走り瑞雲寺まで行って、たしかめてきましょうか」

口をはさんで安次郎が腰を浮かした。

顔を安次郎に向けて、錬蔵が応じた。

「行かずともよい。瑞雲寺に盗人一味が押し込んでいたら、自身番の番太《ばんた》が知らせにくる」

座り直して安次郎が応じた。

「たしかに」

わきから前原が声を上げた。

「昨夜、浜猟一家の代貸岩松に聞き込みをかけました」

「八潮の主人について、何かわかったのだな」

問いかけた錬蔵に前原が応えた。

「一年前に八潮を買い取って主人におさまった男の名は久万吉。猟師町の漁師仲間だったそうです。しかし、漁師とは名ばかりの遊び人で、十年ほど前まで猟師町を拠点にしていた遊び人の頭、御家人の次男坊、後藤勇五郎の腰巾着で、かなりの悪《わる》だったようです」

「後藤勇五郎は、いまでも猟師町で幅をきかせているのか」

問いを重ねた錬蔵に、

「それが十年ほど前に、浜十三町の遊び人の頭だった宵越しの辰造とともに行方知れずになっているそうです。岩松は、『高利貸しの住まいに押し込んで、家人奉公人を皆殺しにして、有り金全部が盗まれた事件が起きたときから、後藤と辰造の姿が見えなくなった。おそらく高利貸しのところに押し込んだ盗人は、後藤と辰造に違いない』といっておりましたが」

そのとき、はっとしたように目を見開いた安次郎が、ぽん、と平手で自分の膝《ひざ》を打った。

「おもいだした。まず間違いねえ」

「どうした、安次郎」

訊いた錬蔵に安次郎がいった。

「昨夜もそうでしたが、お登喜は、時々、黒江橋のたもとにある茶屋の外壁に身を寄せて、油堀を行き来する舟を眺めています。佐吉らしき後ろ姿の船頭が操る舟に乗っている男を見たとき、お登喜が身を竦《すく》めて棒立ちになりました。御店《おたな》の主人と見紛《みまが》うような出で立ちをしていた、その男に見覚えがあったんですが、どうしてもおもいだせなかった。それがいま」

「おもいだしたのか」

訊いてきた錬蔵に安次郎が応えた。

「十数年前、あっしは竹屋五調という源氏名で男芸者をしておりやした。浜十三町や猟師町にある茶屋の座敷に呼ばれて、あのあたりをしょっちゅう歩いていました。その折り、よく見かけたのが後藤勇五郎でして。後藤は無外流の遣《つか》い手で、免許皆伝という触れ込みで、幅をきかせておりやした。舟に乗っていた男は、姿形《すがたかたち》は二本差しから御店の主人のように変わっておりやしたが、その後藤勇五郎に違いありやせん」

口をはさんで前原が問いかけた。

「その御店の主人のような出で立ちの男は、鷲《わし》鼻で蛇のような目つき、細面《ほそおもて》の顔形ではないのか」

「そのとおりで」

「御支配、その後藤勇五郎とおもわれる男は、昨日、八潮から出てきて佐吉たちと一緒に、四艘の舟のうちの一艘に乗り込みました」

「後藤勇五郎が深川にもどってきたというのか」

　身を乗り出して安次郎が声を上げた。

「旦那。遊び人の男を使って、お登喜を八潮に呼びつけたのは、後藤かもしれませんね。佐吉が八潮の二階を睨みつけていたのは、お登喜が勇五郎に抱かれているのが耐えられなかったからじゃないでしょうか」

「そうかもしれぬ。が、佐吉と惚れ合っていたお登喜は、なぜ三好や後藤に肌を許しているのか。そのあたりのことが、おれには、よくわからぬ」

「あっしらには読み切れない、深いわけがあるんでしょうね、きっと」

　誰に聞かせるともなく、安次郎がつぶやいた。

「これで解けた」

　独り言《ご》ちた前原が、錬蔵を見つめて、ことばを重ねた。

「岩松が、それほど稼いでいるともおもえない久万吉が、どうして八潮を買えたのかわからない。よい金主がついたとしかおもえない、といっておりました。おそらく久万吉の金主は、後藤ではないかと」

「深川にもどってきた後藤は、昔の深川と違って、万全とはいいえぬが、いまは鞘番所が御法度《ごはっと》にしたがい、深川の安穏《あんのん》を守るべく動いていることを知ったのだ。ただ、まともに動いているのは鞘番所の北町組だけだ、と見極めた後藤が打った手が」

「お登喜に色仕掛けで南町組の誰かを籠絡《ろうらく》させ、北町組の動きを探らせた。そういう筋書きですか」

わきから口をはさんだ安次郎に、無言で錬蔵がうなずいた。

「いまのところ、すべてが憶測にすぎぬ。盗人一味が芥舟を使っているとしたら、どうやって芥舟を手に入れているのか、探らねばならぬ。どこから手をつけるか。段取りを間違えれば、盗人一味に逃げられてしまう。さて、どうするかだが」

腕組みをして錬蔵が空を見据《みす》えた。

沈思するときの、錬蔵の癖《くせ》ともいうべき所作であった。

ことばを発するのを待って、前原と安次郎がじっと錬蔵を見つめている。

五

火付盗賊改《ひつけとうぞくあらため》の役宅に駆け込んできた辻番所の番人の知らせは、脇坂と桜井を驚かせた。

自身番が南北両町奉行所の支配下にあるのにたいし、辻番所は若年寄の支配下にある。火盗改《かとうあらため》は老中の支配下にあるとされているが、実態は、直接の指示を仰ぐ上役は若年寄であった。

火盗改と辻番所では、役職上の格が大きく違うが、若年寄につながる役向きということでは、同じ立場にあった。

さらに脇坂と桜井を怯《おび》えさせたのは、辻番所を動かしたのが榊原家と松平《まつだいら》家、両家の下屋敷支配の指図だったという事実であった。

両家下屋敷の間に瑞雲寺という寺がある。

その瑞雲寺に盗人が押し込み、住職、修行僧、寺男にいたるまで皆殺しにして、金品を奪って逃げ去ったのだった。

両家の不寝番《ふしんばん》が、夜の八つ（午前二時）過ぎに、多数の桶を運び入れ、一刻

（一時間）たらずの間に、それらの桶を瑞雲寺から運び出す物音を聞いている。

朝方、いつもは境内《けいだい》の掃除をする音が聞こえてくるのに、物音がしない。さらに、明六つ（午前六時）過ぎに開く表門が、一刻過ぎても閉じられたままだったことに不審を覚えた両家の支配が、中間《ちゅうげん》に命じて瑞雲寺との境の塀に梯子《はしご》をかけさせ、瑞雲寺の境内を覗かせたら、人の姿がみえない。

異変があったのではないか、と推察した支配が、小者に塀を乗り越えさせ、なかを調べさせたら、住職たちの骸《むくろ》が転がっていた。

盗人一味が押し込んだことを知った両家の支配は、小者を辻番所に走らせたのだった。

榊原家、松平家下屋敷がかかわっている一件ともいうべき、瑞雲寺への盗人一味の押し込みは、出役《しゅつやく》、探索の動きなど、携わる火盗改の力を厳しく見極められるおそれがあった。

（落ち度があったら責められ、御役御免もありうる）

番人の知らせを聞いたとき、そんなおもいが脇坂の脳裏をかすめた。

揃えうる与力、同心を引き連れ、第一陣として出役した脇坂が瑞雲寺に着くなり見たものは、瑞雲寺の表門を、競い合うようにして警固する榊原家と松平家の下屋敷詰めの家臣と小者数名の姿だった。

丁重に警固の礼を述べ、両家の家臣たちに引き上げてもらった脇坂は、ともに出役してきた与力野田真兵《のだしんぺい》と桜井に告げた。

「火付盗賊改役のわしが、瑞雲寺に出役するまで警固してもらったことにたいする礼を述べに両家に挨拶に行くとなるとわが身はひとつ。同時に出向くことはできぬ。後に訪ねた屋敷の支配役が、なぜ当家が後回しになったのか、と後々、ごねてくるおそれがある。わしは探索の指図で手が離せぬので、まず御家の尽力にたいする礼を、与力の私が述べにきた、と理由をつけ、桜井と野田で榊原家と松平家に出向いてくれ」

指図された桜井と野田は、ともに同じ頃合いに両家の下屋敷の門を叩くように打ち合わせ、たがいの動きを窺《うかが》いながら、両家の門を叩いたのだった。

骸あらために立ち合っている脇坂のもとに、桜井が両家への挨拶がすんだことを報告にきた。桜井に脇坂が小声でいった。

「聞き込みもうまくすすんでいない。此度《こたび》の、盗人一味が寺院に押し込みつづけている一件、ともに顔を立て合う形で助け合わないか、と深川大番屋北町組支配の大滝に申し入れ、話し合ってきてくれないか。早いほうがいい。第二陣が瑞雲寺に着き次第、深川大番屋へ出向いてくれ」

「承知しました」

うなずいた桜井に、

「榊原家と松平家の動き次第では、我らの立場が危うくなる。このこと、胆《きも》に銘じて、うまく取り計らってくれ」

「心得ております」

緊張した面持ちで桜井が応じた。


鞘番所の支配用部屋では、錬蔵と向かい合って溝口、八木、松倉、小幡が、溝口たちの斜め後ろに前原と安次郎が座っている。

一同を見渡して、錬蔵がいった。

「さきほど辻番所の番人が、佃《つくだ》にある瑞雲寺に盗人一味が押し込み、住職らを皆殺しにし、金品を奪って逃げ去ったと知らせてきた。さすがに若年寄支配下にある辻番所、火盗改へも瑞雲寺への出役を求めて、番人を走らせたといっていた」

なぜか楽しげな笑みを浮かべて、溝口が声を上げた。

「火盗改にも知らせてくれ、と自身番の番太に指図する手間が省けましたね。瑞雲寺の両隣は榊原家と松平家の下屋敷だ。ともに武家の立場として、探索のすすみ具合では、仕事ぶりを評価されるおそれがある。火盗改の連中、さぞやぴりぴりしているでしょうね」

わきから小幡がつづいた。

「やたら御用風をふかせる聞き込みのやり方からして、気にくわない。いい気味です」

口をはさんで八木がいった。

「あ奴らは、深川を知らなさ過ぎるのだ。これからも聞き込みはうまくいくまい。大変なことだ」

年嵩《としかさ》の松倉が、同調するようにうなずいた。

話がおさまったのを見届けて錬蔵が告げた。

「実は、瑞雲寺の門前あたりに接岸している舟に、桶を積み込んでいる男たちの姿を、夜回りに出ていた前原が見ているのだ」

「本当か。なぜあらためなかったのだ」

訊いてきた溝口に前原が応えた。

「男たちが榊原家下屋敷から出てきたのか、瑞雲寺から桶を運び出してきたのか、対岸から見たので、よくわからなかった。あらためなかったのは、武家、寺院、いずれも支配違いの相手、下手に動けば、後々面倒なことになる、とおもったからだ」

一同を見やって、錬蔵が声を上げた。

「おれと前原、安次郎の三人は、盗人一味は舟を使って盗みを働いている、と推測して動いていたのだ。昨夜、おれは、多数の桶船を所有し、深川の岡場所の見世見世の屎尿を汲み取っている砂村六把島扇子新田の大年寄縫右衛門に会ってきた。桶船を誰かに貸したことがあるか、と訊いたら、ない、という返答だった。縫右衛門所有の桶船には二六時中、見張りがついているということもわかった」

口をはさんで小幡が訊いてきた。

「桶船ではないとすると、大勢が乗ってもあやしまれないのは芥舟しかありませぬが、そうだとしたら盗人一味は、どうやって芥舟を手配したんでしょうか」

「それを、これから調べるのだ。おれたちの探索の結果、諸町の船宿八潮に泊まっている御店の主人とその奉公人とおもわれる男たちに疑念が生じた。昨日、八潮から出てきて、八潮の持ち舟四艘に分乗した十二人が、昨夜帰ってこなかった。八潮は一年前に持ち主が変わっていて、その持ち主にかかわる者として猟師町界隈で幅をきかせていた後藤勇五郎、浜十三町界隈の遊び人の頭だった宵越しの辰造のふたりが浮かんだ」

身を乗り出して、溝口がいった。

「ふたりを捕らえましょう。責めにかけて吐かせるのです」

「ところが、そうもいかぬのだ。十年前、深川の高利貸しの住まいに盗人一味が押し込み、家人、奉公人を皆殺しにし、金品を奪った事件が起きた日から、ふたりは、深川から姿を消している」

「それでは、いま、ふたりはどこに」

「安次郎が、後藤勇五郎の顔を知っていた。いまは姿形が御店の主人のように変わっているので、すぐにはおもいあたらなかったが、昨夜、おもいだした。深川で後藤を見かけたそうだ。また、安次郎から後藤の人相を聞いた前原が、昨日、八潮から出てきて、舟に乗り込んだ男が、顔つきからみて後藤ではないか、と推断している」

溝口ら同心たちが、おもわず顔を見合わせた。

「溝口と八木は猟師町、松倉と小幡は浜十三町で、後藤勇五郎と宵越しの辰造にかかわる聞き込みを始めてくれ。おれと前原、安次郎はいままでどおり、芥舟など舟にかかわる探索をつづけていく」

一同が、気迫を漲《みなぎ》らせて、大きくうなずいた。

六

菱屋の前を安次郎がゆったりとした足取りで歩いていく。

横目で菱屋の様子をうかがった安次郎が、不意に足を止めた。

あくまでもちらりと目を走らせただけで、よく見たわけではないのだが、いつもは、なかにいるはずのお登喜の姿が見えなかったからだった。

と、菱屋のなかから、お茂が声をかけてきた。

「あら、親分。たまには休んでいってくださいな」

丸っこい躰《からだ》を、さらに丸くして、お茂が見世から飛び出してきて、安次郎の袖を引いた。

「わかったよ。お茂さんが袖を引いてくれたんだ。今日は茶の一杯ぐらい飲んでいくか」

袖を引っ張るお茂のするがままにまかせて、安次郎がなかへ入っていく。

通りから見えにくい縁台に、安次郎を腰掛けさせてお茂がいった。

「お登喜さん、まだ見世に出てきていないよ。躰の具合でも悪いのかね」

見世のなかを見渡して、安次郎がいった。

「ほんとだ、いねえな。何かあったのかい」

訊いた安次郎にお茂が応えた。

「休みたくもなるだろうさ。あれだけ南町組の旦那にしつこくつきまとわれたら、厭になっちゃうよ。辞めるかもしれないね、お登喜さん」

「そんなにしつこいのかい、あの旦那は」

「このところ、日に二回は顔を出すよ。けど、連れ出すのは三日に一度ぐらいになったね。前は二日に一度だったから」

「よく金がつづくな。自慢じゃねえが、おれは、年中、空《から》っ穴《けつ》の有様だ」

「あたしが貢《みつ》いであげようか」

精一杯色っぽく微笑みかけたお茂に、気づかぬ風を装って安次郎がいった。

「茶を持ってきてくんな。あんまりのんびりもしてられねえんだ」

「罪だよ、親分。知らんぷりしてさあ。あたしゃ、いつでも、その気なんだよ。つれないったらありゃしない。すぐ、持ってきますよ、お茶を」

すねたような顔をして、ふん、と鼻を鳴らしたお茂が、安次郎に背中を向けて、大きな尻を揺らしながら、注文を通しに奥へ向かって歩いていく。

「いつ見ても、大きな尻《けつ》だな」

横目でお茂を見やって、安次郎が屈託《くったく》のない笑みを浮かべた。


菱屋を出た安次郎は、一刻（二時間）ほど、近くの通り抜けに身を潜《ひそ》めてお登喜がくるのを待った。

（昨夜の今日だ。どんな理由があるかわからないが、お登喜が好きで三好とねんごろになっているとはおもえねえ。おそらくお登喜は、気が滅入って何もする気にならず、裏長屋にこもっているんじゃねえのかな）

そんなおもいにとらわれていた安次郎が、目を見張った。

やってきた三好が菱屋に入っていく。

間をおくことなく、三好が菱屋から出てきた。

馬場通りへ向かって歩みをすすめている。

かなりの急ぎ足だった。

（いけねえ。三好の野郎、お登喜の住まいへ行くつもりだ）

胸中で呻いた安次郎が、通り抜けから通りへ出た。

先を行く三好を見据えて、安次郎がつけていく。

七

河水楼の主人控えの間で錬蔵は、藤右衛門と向き合っている。錬蔵の斜め脇に前原が控えていた。

深川界隈の塵芥を集めて、築地している普請場《ふしんば》に運び込む芥取人《あくたとりにん》の親方への仲立ちを藤右衛門に頼むべく、錬蔵は河水楼にやってきたのだった。

町奉行所の許可を得、鑑札を与えられて、はじめて御堀浮芥《おほりうきあくたさらいうけおい》浚請負の商いを始めることができる。塵芥処理請負人ともよばれる芥取人は、多数の芥舟を所有している。そのうちの一艘が、昨夜、盗人たちに使われたのではないか、と錬蔵は推断していた。

深川の塵芥の収集と廃棄は、〈中川屋《なかがわや》〉が請け負っている。

中川屋は浅草橋場町《はしばちょう》の、向島《むこうじま》の渡し近くに店を構えていた。中川屋の主人作《さく》太郎《たろう》は自ら芥舟に乗り、人足たちにまじって塵芥の収集、廃棄をやっている。そのため、店を留守にすることも多かった。

二つ返事で、錬蔵と中川屋を引き合わせることを引き受けた藤右衛門は、

「とかく留守がちな中川屋、いきなり訪ねていって不在の場合は無駄足になります。まず政吉を行かせて、できれば今日のうちに会いたいと申し入れ、返答を聞いてこさせましょう」

といいだした。

その申し出に、錬蔵も異論はなかった。

舟で政吉が中川屋へ出かけた。錬蔵と藤右衛門は、政吉の帰りを待っている。

いま錬蔵は、藤右衛門から借りた筆墨《ひっぼく》、硯《すずり》を前に巻紙を片手に持ち、筆を走らせていた。前原に預ける書付を書いている。

迷いに迷って踏み切った策であった。後藤勇五郎を一日も早く捕らえねば、別の寺院に押し込みかねない、と考えている。

昨夜、盗人一味が押し入った瑞雲寺も祠堂金《しどうきん》貸しを派手にやっていて、取り立てが厳しいと噂される寺院であった。

まだほかにも祠堂金貸しをやっている寺院がある。盗人一味が日をおくことなく、祠堂金貸しをやっている寺院に押し込むおそれもあった。

深川に、後藤勇五郎がもどってきていると知ったときから、考えつづけていたことであった。

浜猟一家に鞘番所北町組のお墨付きを与え、後藤や宵越しの辰造の遊び人仲間を片っ端から捕らえる手伝いをしてもらうという、苦肉の策であった。

昔の仲間が相次いで捕縛《ほばく》されている。そのことを知ったら、後藤たちは何らかの動きを始めるかもしれない。後藤は、揺さぶりをかけられても、いっこうに動じない男かもしれないが、何もやらないよりましだろう。そう判じて、錬蔵は、この策を実行に移すために、浜猟一家に渡すお墨付きともいうべき書付を書いている。

書き終えた錬蔵が、前原に書付を差し出した。

受け取った前原が読みすすむ。

書付には、

〈一事鑑札　浜十三町と猟師町に巣くう後藤勇五郎と宵越しの辰造の遊び人仲間を捕縛するにつき、浜猟一家に深川大番屋北町組の手先として動いてもらうべく、手先の身分を証する本書付を、浜猟一家に下げ渡す。　深川大番屋北町組支配　大滝錬蔵〉

書付から目を上げて、前原が口を開いた。

「浜猟一家の親分は代貸の岩松のいいなりです。岩松が引き受けてくれれば、浜猟一家は動かせます。この書付を見たら、岩松は引き受けてくれるでしょうし」

「できるだけ早く浜猟一家を動かしてくれ。それと、見廻っている溝口たちと松倉たちに出くわしたら、後藤たちの遊び仲間の捕縛に加わるようにつたえてくれ。岩松にいって、後藤たちの仲間の顔を知っている子分たちが、溝口たちとともに動くことができるように手配りするのだ」

うなずいた前原が、錬蔵に訊いた。

「捕らえた遊び人たちは、鞘番所の牢に入牢させますか」

「いや、自身番の柱にでも縛りつけておけ。本気で取り調べる必要はない。二、三日留め置いて、解き放つ連中だ。此度の捕縛は、あくまでも後藤たちに揺さぶりをかけ、動き出すように仕向けるための策だ」

「そのこと、溝口さんたちにもつたえておきます」

「急げ。時が惜しい。藤右衛門に無理をさせるが、おれも、何としても今日のうちに中川屋と会うつもりだ。捕縛はできるだけ派手に、目立つようにやってくれ。そのほうが、昔の仲間が捕縛されていることが後藤たちに早くつたわるはずだ」

「承知しました。出かけます」

書付を二つ折りにして、前原が懐《ふところ》に入れた。


「何をしやがる。おれは、ただ通りをぶらついていただけだぜ」

「うるせえ。浜猟一家は鞘番所の助っ人だ。てめえらを捕まえろ、と命じられているんでえ」

逆らう遊び人を岩松が突き飛ばす。数人の子分たちが、倒れた遊び人に飛びかかり、押さえ込んで腕をねじ上げた。

「痛《い》てててて。骨が折れる。勘弁してくれ」

「縛り上げて自身番へ連れていくんだ。取り調べる。こいつらは盗人の手先かもしれねえ」

吠える岩松の背後に前原が立っている。

ぐるりに走らせた前原の目に、息を呑み、遠巻きにして眺めている野次馬たちの姿が映っていた。

十手《じって》が振り下ろされる。

悲鳴を上げ、肩を押さえて遊び人が倒れ込む。

遊び人を蹴り飛ばし、俯《うつぶ》せにしたその背中を足で踏みつけた溝口が、取り囲んでいるやくざたちに声をかける。

「浜猟一家の若い衆、こいつを縛り上げるんだ。自身番に運び込み、相次いで寺院に押し込んだ盗人一味かどうか、とことん締め上げてやる」

縄を手にした子分たちが、溝口が踏みつけた足をどけるや遊び人に躍りかかり、高手小手《たかてこて》に縛り上げる。

肩をならべた溝口と八木が、やくざたちにぐるぐる巻きに縛り上げられていく遊び人を見やっている。

自身番のなかに突き入れられた、後ろ手に縛られた遊び人が、白州《しらす》に顔から倒れ込んだ。

つづいて入ってきた小幡が、遊び人の襟首を摑み、引き起こす。

「鞘番所の責めは手酷《てひど》いぞ。盗人一味の頭《かしら》は、以前、おまえたちの頭だった後藤勇五郎だと当たりがついている。どこにいるか白状させてやる」

背後にしたがう子分たちに小幡が声をかける。

「浜猟一家の子分衆、こいつを柱に縛りつけてくれ」

「わかりやした」

子分たちが遊び人を引き起こす。

柱を抱くように縛りつけられる遊び人を松倉と小幡が見ている。松倉が小幡に顔を寄せ、小声で告げた。

「手加減してやれ。おそらく何も知らぬ、濡《ぬ》れ衣《ぎぬ》でつかまった奴だ」

小声で小幡が応じた。

「盗人一味にかかわりがある者が野次馬のなかにいるかもしれませぬ。おもいっきり責めます」

「しかし、そうはいっても、まあ、仕方がないか」

つぶやきながら松倉が、ちらり、と自身番を遠巻きにしている野次馬たちに目を走らせる。

野次馬たちが興味津々、成り行きを見つめている。

「割れ竹はあるか」

問いかけた小幡の声に、野次馬の輪の後ろのほうで見ている、男の眉がひそめられた。

割れ竹を振り上げた小幡が、柱に縛りつけられた遊び人に声をかける。

「白状するまで叩きつづける。覚悟しろ」

「知らねえ。おれは何も知らねえ」

小幡が振り下ろした割れ竹が男の背中に炸裂《さくれつ》する。

悲鳴を上げて、遊び人が激痛のあまり痙攣《けいれん》する。

眉をひそめていた男が、首を小さく左右に振り後退《あとずさ》りする。

背中を向けた男の耳に、遊び人を打ち据える割れ竹の音が飛び込んでくる。

おそるおそる野次馬の輪から離れた男が、背中を丸めて走り出した。

血相変えた男が八潮に走り込んでいく。

表戸を開けて、入るなり男がわめいた。

「久万吉あにい、大変だ。竹八《たけはち》が捕まって拷問されている。勇五郎お頭が、盗人だとばれた」

奥の座敷の上座に後藤勇五郎、隣りに宵越しの辰造、佐吉に久万吉ら十四人が知らせにきた男を囲むように居流れている。

「それじゃ勝太《かった》、竹八を捕らえた鞘番所の同心が、盗人一味の頭は後藤勇五郎だと当たりがついている、といったんだな」

勝太と呼ばれた男が応えた。

「そのとおりで。竹八が捕まったときから自身番へ連れて行かれるまで、あっしは同心たちに見つからないように物陰に隠れながらつけていって、じっと見ていました。同心のそのことばは、はっきりと覚えておりやす」

わきから辰造が声を上げた。

「勇五郎さん、深川のどこかで、知っている奴に見られたのかもしれねえな」

「通りを歩けば、知っている奴に会うとおもって、できるだけ舟で動くようにしていたんだ。どこで見られたのか、見当がつかねえ」

舌を鳴らして、辰造が吐き捨てた。

「しかし、まあ、鞘番所北町組の奴らが、こんなに捕物上手《とりものじょうず》になっていたとは驚いたぜ。昔は、南町組も北町組も、袖の下をねだるのに熱心なだけで、厄介ごとを避けて通るような奴らばかりだったんだがな」

口をはさんで久万吉が声を上げた。

「あっしは、ずっと深川にいるんで、流れがよくわかりやすが、大滝錬蔵という与力が北町組の支配になってから、北町組が変わりました。いまじゃ大滝を深川の守り神みたいにおもっている連中もいます。何せ賭場を開帳しても、ひどいいかさまをやらないかぎりお目こぼししてくれるし、岡場所の商いも咎《とが》めない、深川の土地柄をよく知っている与力でして」

渋い顔をして、辰造がいった。

「何をいってるんだ、久万吉。いまは、日光道《にっこうどう》を荒らし回っていた蝮《まむし》の勇五郎一味のひとりなんだぜ、おめえは」

「すみません」

ばつが悪そうに頭を下げた久万吉に勇五郎が訊いた。

「久万吉の話の具合からして、どうやら北町組支配の大滝錬蔵とやらがいなくなれば、北町組の連中は、もとの役立たずにもどりそうだな」

「そのとおりで」

応えた久万吉に勇五郎が告げた。

「なら、事は簡単だ。久万吉、金のためなら何でもやる腕の立つ浪人たちを集めるんだ。そいつらに大滝の命を狙わせる」

「わかりやした」

渋面《じゅうめん》をつくって、勇五郎が吐き捨てた。

「それにしても、お登喜は何をしているんだ。南町組の三好とかいう同心がお登喜に惚れて菱屋に通い詰めていると知って、三好に鞘番所北町組の動静を調べさせていたのに、このざまだ。何の役にも立ちゃあしねえ」

顔を佐吉に向けて、勇五郎が吠えた。

「佐吉、いますぐお登喜を呼んでくるんだ。もう少し三好を誑《たら》し込むように、いい含めてやる」

「わかりやした。お登喜をすぐ連れてきます」

横から辰造が口をはさんだ。

「卯吉《うきち》、佐吉と一緒に行け」

辰造の向かい側に座っていた卯吉が無言でうなずく。

顔を勇五郎に向けて、辰造がいった。

「船頭ふたりを八潮に残して、勇五郎さんやおれ、佐吉たちは清流に身を移したほうがよさそうだ。昨夜遅く、久万吉が二階から船着場を見てみたら、浪人が船着場を眺めて立っていたそうだ。いまとなってみれば、その浪人のことが、どうにも気にかかる。鞘番所の手の者ともおもえないが」

はっ、としたように久万吉が、ぽんと平手で自分の片膝を打った。

「間違いねえ。あいつは鞘番所の手先だ。昔、土地のやくざの一家の用心棒をやっていた浪人が、鞘番所北町組のひとりとして働いている。そいつに違いねえ。昨夜、何で気づかなかったんだろう」

無言で勇五郎と辰造が顔を見合わせた。

佐吉らを見渡して、勇五郎がいった。

「辰造のいうとおりだ。おれは、清流に移る。ここに残る船頭を誰にするかは久万吉にまかせる。ただし、佐吉はおれが連れて行く。いろいろと使い道があるからな。みんな引っ越しの支度にかかれ。卯吉の荷物も運んでおく」

「あっしと佐吉は、お登喜を連れて清流に向かいやす」

わきから卯吉が声を上げた。

「後のことはすべて、久万吉が手配りするのだ」

告げた勇五郎に、久万吉が顎を引いた。

六章　青天霹靂《せいてんのへきれき》

一

鍊蔵が目隠しをしていないこと以外、すべての成り行きが縫右衛門を訪ねたときと同じだった。

みごとな政吉の櫓捌《ろさば》きで、鍊蔵と藤右衛門を乗せた舟は、滑るように大川を横切ってすすんでいく。

向島の渡しの船着場を通り過ぎて、流れを少し遡《さかのぼ》ると、係留された十数艘《そう》の芥舟《あくたぶね》が黒い影と化して浮かんでいた。

雲間から出た月が、芥舟を朧《おぼろ》な光で照らし出す。

「あそこに見えるのが中川屋さんの船着場です。船着場の外れの岸辺に、綱を舫《もや》う杭が打ってありますんで、そこに着けます。中川屋さんの店は、岸から一町ほどのところにあります」

櫓を漕《こ》ぎながら、政吉が錬蔵たちに声をかけた。

無言でうなずいた錬蔵が、近づく岸をじっと見つめている。


中川屋の奥の座敷で上座に錬蔵、向かい合って中川屋、錬蔵の斜め脇に藤右衛門が座っている。中川屋は五十がらみの、太くて黒い眉《まゆ》、ぎょろ目で団子鼻、分厚くて大きな唇で髭《ひげ》の濃い、黒々と日焼けした、がっちりした体軀《たいく》の中背の男だった。政吉は、あてがわれた別間で話が終わるのを待っている。

藤右衛門が、錬蔵と中川屋を引き合わせた後、いきなり錬蔵が問いかけた。

「芥舟を誰かに貸したことはないか」

悪びれた様子もなく、中川屋が応えた。

「昨夜も、お貸ししました。その前にも二度、貸しております」

「昨夜も貸したというのか。合わせて三度、貸したのだな」

「お貸ししました。その都度、桶を十五本ほど、積んでおいてくれ、といわれたので、積み込んでおきましたが」

わきから藤右衛門が声を上げた。

「ほんとうに、芥舟を貸したんだね、中川屋さん」

顔を錬蔵に向けて、藤右衛門がことばを重ねた。

「大滝さま、まさかとはおもいますが、昨夜、使われた舟は中川屋さんの芥舟だったんじゃないでしょうか」

「そうとはいいきれぬ」

応じた錬蔵が、中川屋を見やって訊いた。

「芥舟を貸した相手は誰か、話してくれぬか」

訝《いぶか》しげな顔をして、中川屋がいった。

「大滝さまも藤右衛門さんも、いったいどうなさいました。あたしが貸した芥舟が、何かやらかしたみたいじゃないですか。そんなことは絶対にありません。芥舟を貸した相手は、北町奉行所芥改役《あくたあらためやく》、与力の奥村段介《おくむらだんすけ》さまです」

「芥改役は、芥取人《あくたとりにん》の鑑札を与える窓口ともいうべき立場の役職です。芥舟を貸してくれといわれたら、まず断れないでしょうな」

目を錬蔵に向けて、藤右衛門がいった。

うなずいた錬蔵が、中川屋を見やって訊いた。

「北町奉行所芥改役の奥村殿に、芥舟を貸したのか。芥舟を借りるには、何か理由があるはずだ。奥村殿は何といっていた？」

「芥改役が乗っている取り締まりの舟だと、すぐにあらためる相手にわかってしまう。築地土木の普請場《ふしんば》に塵芥《ごみ》を運び込む手数を省こうとして、川や海に塵芥を捨てる不心得者たちを取り締まるためには、芥取人にあてがわれているものでない芥舟に乗らないと、うまく取り締まれないのだ、と仰有《おつしや》っていました」

「なるほど。そういうことは、たしかにあるだろうな。近づいてくる舟に芥改役が乗っていると端《はな》からわかっていたら、御法度《ごはつと》破りをして塵芥を川や海に捨てようと企《たくら》んでいる輩《やから》は、そこでは塵芥を捨てないで、芥改役の目の届かない他のところに捨てようと考えるだろう」

　誰に聞かせるともなく、つぶやいた錬蔵が中川屋に訊いた。

「芥舟を貸した日付がわかる帳面があれば、見せてくれぬか」

「お見せしましょう。別間に置いてある、芥舟の運用状況を記した帳面を持ってきます。芥舟をいつ誰に貸したかということも、その帳面を見ればわかります。暫時《ざんじ》、お待ちください」

　中川屋が腰を浮かせた。

　ほどなくして、中川屋が別間から芥舟運用帳を持ってきた。芥舟運用帳には、どの舟が、どこへ芥取りに向かい、集めた塵芥をどこへ捨てたか、など日々の稼働ぶりを細かく記してある。芥舟運用帳を受け取った錬蔵は、帳面をめくり、盗人一味が大行院、妙念寺に押し込んだ前日の記述に目を通した。

　昨日の日付のところには、

〈一艘貸し出し　奥村さま〉

と記してあった。

大行院、妙念寺に盗人一味が押し込んだ前日の帳面にも、同様に、

〈一艘貸し出し　奥村さま〉

と記されている。

　帳面から目を上げた錬蔵が藤右衛門にいった。

「盗人一味が寺院に押し入った前日から当日の夕刻まで、芥舟が一艘貸し出されている」

「何ですって」

　驚いた藤右衛門が、中川屋に声をかけた。

「中川屋さん、どうやらおたくの芥舟が、盗人一味の押し込みに使われたようですよ」

呆気にとられた中川屋が、驚愕《きょうがく》の声を上げた。

「そんな馬鹿な。舟を貸し出すときには、いつも奥村さまが芥舟を受け取りにこられました。船頭と人足、合わせて十二人、すべて奥村さまのお手配でございます」

「奥村殿が自ら、芥舟を借りていったのか」

念を押した錬蔵に、中川屋が応じた。

「そうです」

「中川屋、私のいうとおりの文面で、一筆したためてもらおうか」

「それは、しかし」

困惑を露わにした中川屋に、藤右衛門がいった。

「中川屋さん、一筆書いたほうがいい。大滝さまは、信用のおけるお方だ。私が保証する」

顔を藤右衛門に向けて中川屋が応じた。

「河水の親方がそこまで仰有るのなら、一筆したためましょう」

「それがいい」

目を藤右衛門から錬蔵に移して、中川屋がいった。

「どう書けばよいか、教えてください」

「私は下記の日に、北町奉行所与力、芥改役奥村段介さまに、二日にわたって芥舟を一艘お貸ししました。後日の証《あかし》のため、本書をしたためます。下記と記して日付を三日分書き、宛名を深川大番屋北町組支配大滝錬蔵さまと書いてくれ。最後に今日の日付と中川屋　某《なにがし》と名を書き添えるのだ」

「わかりました。硯箱《すずり》と巻紙を取りに行ってきます」

再び中川屋が立ち上がった。

二

（人目が気になるんなら、お登喜の住んでいる裏長屋にこなきゃいいんだ。お登喜が出てくるのを待っているんだろうが、他にやることがないのかねえ）

町屋の陰に身を潜《ひそ》めた安次郎が、胸中で毒づいた。

視線の先に、裏長屋の露地木戸の出入りを見張ることができる町屋の外壁に、もたれて立つ三好の姿があった。

すでに夜五つ（午後八時）を過ぎている。

昼過ぎから三好は、お登喜の住む裏長屋を張り込みつづけていた。着流し巻羽《まきば》織《おり》の、いかにも同心といった出《い》で立ちの三好は、身を潜めようともせず見張りつづけている。近くの飯屋と蕎麦屋に飯を食いにいったときだけ、裏長屋から目を離した以外は、ずっと裏長屋の近くにいた。

そんな三好を安次郎は見張りつづけている。

裏長屋の露地木戸から、お登喜が出てくることはなかった。

おそらく住まいで、ひとり悶々《もんもん》としているのだろう。

と、安次郎の目が大きく見開かれた。

露地木戸を覗き込むように首をのばした三好の背後に、ふたりの男が忍び寄っていた。あたりは夜の闇に包まれている。ふたりの顔は、ぼんやりとしか見えなかった。

片方の男の手に棒が握られている。

背後から迫った男が、振り上げた棒を三好の首の後ろに叩きつけた。

殴打《おうだ》音と三好の呻《うめ》き声が聞こえた。

気を失ったのか、三好がその場に昏倒《こんとう》する。

棒を手にした男が、三好の傍《かたわ》らにしゃがみ込んだ。

遠目で、よくわからないが、三好の鼻に手を当てている。呼吸があるかどうかたしかめているのだろう。

もうひとりの男が、露地木戸へ向かって歩いていった。

通り抜けに潜んでいる安次郎が目を凝《こ》らす。

露地木戸をくぐり抜けた男が、裏長屋のなかへ入っていった。

凝然《ぎょうぜん》と見つめる安次郎の目が大きく見開かれた。

男に後ろから押し出されるようにして、お登喜が露地木戸から出てきた。

地に伏した三好に気づいたのか、お登喜が足を止める。

しゃがみこんでいた、もうひとりの男が立ち上がった。

男が手に持った棒の先で、立ち止まっているお登喜をつついた。

歩き出したお登喜を、逃げられぬように左右からはさんだ男たちが、ゆったりとした足取りで歩を運んでいく。

通り抜けから出た安次郎が、お登喜たちをつけ始めた。

横たわる三好のそばを通るとき、安次郎は、ちらり、と目を走らせた。

息をしているのか、背中がわずかに動いている。

いずれ息を吹き返すだろう。そう判じて、安次郎は歩みをすすめた。

見え隠れにつけながら、安次郎が首を傾《かし》げた。

（躰《からだ》付きから見て、露地木戸に入っていってお登喜を連れ出した男は佐吉のようだが、もうひとりの男は何者だろう。三好を打ち据《す》えた手並み、喧嘩慣れした鮮やかなものだったが。どこかで見たことがあるような。どこで見たんだろう）

いままで出会ったことのある人の顔が、ぼんやりとした走馬灯のように、安次郎の脳裏でゆっくりと流れていく。

が、安次郎の目は、前を行くお登喜たちに注がれていた。

町屋の軒下をつたいながら、お登喜たちに歩調を合わせて、安次郎はつけていく。

八潮に行くのだろう。そうおもいこんでいた安次郎は、意外な流れに驚かされていた。

男たちとお登喜は、馬場通りを入船町へ向かって歩いていく。

どこへ捨てたのか、男の手に棒はなかった。棒を持っていれば、人目につく。できるだけ目立たぬようにするべきだ、と考えて、捨てたのだろう。

馬場通りには、まだ遊び足りない男たちや客を引く女たちが、多数行き交っている。

まだ深夜四つ（午後十時）前、深川の岡場所では、これから宵《よい》の口といってもいいような刻限だった。

（お登喜たちは、どこへ行くのだろう）

首を捻《ひね》りながら、安次郎は尾行をつづけている。


清流にお登喜たちが入っていく。

つけてきた安次郎が、町屋の陰に身を潜めて見つめていた。

（迂闊《うかつ》だった）

とのおもいが安次郎にある。

清流は、三好がお登喜を連れ込み、一時の欲情を満たすために使っている船宿だと、安次郎は考えていた。

それゆえ、八潮のように、お登喜につながる連中の根城《ねじろ》ではないか、との疑念を抱くこともなかった。

が、三好を殴った男も佐吉らしき男も、清流の表戸を開けた後、なかに向かって声をかけることもなく、さながら自分の住まいに帰ったときのように、ずかずかと入っていった。

そんな男たちの様子が、安次郎に、

(清流も、八潮同様、盗人一味の息のかかった船宿ではないのか)

という疑念を抱かせたのだった。

奴らが裏長屋からお登喜を連れ出したのには、何らかの理由があるに違いない。いずれにしても今後のお登喜の動き次第で、わかってくることだ。お登喜から目が離せない。出てくるまで待つしかないか。腹をくくった安次郎は、張り込む場所を求めて、ぐるりを見渡した。


清流の奥の座敷には、張り詰めた空気が立ちこめていた。

「おれのいうことがきけねえっていうのか」

上座で胡座《あぐら》をかいた勇五郎が、前に座ったお登喜を睨《にら》みつけている。

「もう厭《いや》です。あたしは、もう耐えられない。あたしは、三好という同心の、いかにも狡《ずる》そうな顔と、人を見下したような、ねちっこい目つきが厭なんです。触れられると、身震いするほど、嫌いなんです。それなのに、三好を、一味のいいなりにするために、たとえ芝居でも、いつもそばにいて夫婦同然の暮らしをしたいと言い寄るなんて、そんなこと、とてもできない」

鼻で笑って、勇五郎がいった。

「忘れたのかい、三年前のことを。古河宿《こがしゅく》で、土地のやくざ者とひょんなことから喧嘩になり、半死半生のめにあわされた佐吉をたすけたのは、おれだ。この蝮の勇五郎だよ」

立ち上がった勇五郎が、両手をついて肩を落とし、悄然《しょうぜん》と頭《こうべ》を垂れたお登喜のそばに歩み寄った。

中腰になった勇五郎が、お登喜の顔を覗き込むようにして薄ら笑う。

「怪我《けが》をして動けなくなった佐吉を医者に診《み》せ、薬代はじめ宿賃まで、かかった掛かりをすべて面倒をみたのが、このおれだ。もっとも、佐吉の面倒をみたお礼がわりに、お登喜を、おれのいうことをきかなかったら佐吉を殺すと脅《おど》し上げて手籠《てご》めにした」

手をのばした勇五郎が、お登喜の顎《あご》に手をかけ、顔を仰向かせた。

「お登喜、おめえがいい女だからやったことだ。端《はな》から、おめえの躰が目当てだったのよ。佐吉の意気地なし野郎は、てめえの女が、親分のおれに抱かれていても、文句のひとつもいわなかった。もっとも、おれは、おまえを抱く前に、おれのいうことをきかなければ佐吉を殺す、と必ず脅したがな」

顔を佐吉に向けて、勇五郎がことばを重ねた。

「佐吉、この間、お登喜を抱いたときも、おれはお登喜に同じことをいった。お登喜が、何といったとおもう。佐吉さんはあたしの命、佐吉さんを必ずたすけてください。後生だから佐吉さんの命をたすけてください。そういったんだよ」

口調を変えて、勇五郎がつづけた。

「よお、色男。押し込みでは役立たずのおめえが、今まで生きてこられたのは、お登喜の、まさしく躰を張った命乞いのお陰だったんだぜ」

せせら笑って、勇五郎が子分たちにいった。

「佐吉の腕をとって、畳に押しつけろ」

そのことばに佐吉の左右にいた子分たちが佐吉に躍りかかり、腕をとって畳に押しつけた。

お登喜の顎を摑んだまま、勇五郎がその顔を佐吉に向けた。

「よく見ろ。これから佐吉を叩き殺す。宵越しの、客分のおまえさんを使い立てして悪いが、木刀で佐吉を打ち据えてくれ」

「わかった」

木刀を手に辰造が立ち上がった。

さらに顔をお登喜に近づけて、勇五郎が訊いた。

「お登喜、よく見るんだ。おめえが三好を誑《たら》し込んで、鞘番所北町組の探索の動きを逐一、知らせてくれれば、おれたちは深川でもう三箇所、盗みを働くことができるんだ。少なくとも二千両にはなるだろう。一ヶ月ほどで片がつく。色よい返事を聞かせてくれたら、佐吉は死なずにすむんだがな」

「厭、もう厭」

喘《あえ》ぐようにお登喜が口に出した。

「そうかい。わかったよ」

顔を辰造に向けて、勇五郎が声をかけた。

「始めてくれ」

「息が絶えるまで、叩くんだな」

酷薄な笑みを浮かべて、辰造が応じた。

無言で、勇五郎がうなずく。

佐吉の背後に回った辰造が木刀を振り上げ、佐吉の背中めがけて振り下ろす。

打ち据える音が響き、佐吉の呻き声が上がった。

二発、三発と打擲《ちょうちゃく》音が響き、十発目が叩きつけられたとき、

「やめて。やります。三好を誑し込みます。親分のいうとおりにします。だから許して。お登喜が甲高い声を上げた。

次の瞬間……。

「やめろ」

顔を辰造に向けて、勇五郎が告げた。

振り上げた木刀を、辰造がゆっくりと下ろす。

子分たちが佐吉から手を離した。

気絶したのか、佐吉が俯《うつぶ》せに倒れ込む。

「明朝、お登喜が鞘番所へ行き、三好を呼び出して、北町組の探索の動きを聞き出す策に仕掛かる。その後の段取りを決める。近くに寄ってくれ」

声をかけて勇五郎が、上座にもどって胡座をかいた。

子分たちが勇五郎と隣りに控えた辰造の前に、扇形にならんで胡座をかいた。

子分たちの後方に、悄然と肩を落とし、横座りをしたお登喜が、身じろぎもせず畳に視線を落としている。

三

真夜中九つ（午前零時）前、鞘番所に帰ってきた錬蔵に気づいた小者が、潜《くぐ》り口《ぐち》を開けに小者詰所から出てきた。

潜り口をくぐり、なかに足を踏み入れた錬蔵に、小者が懐《ふところ》から取りだした一通の封書を差し出した。

「火盗改《かとうあらため》の桜井さまが、夜五つ頃、大滝さまを訪ねてこられて、半刻ほど小者詰所でお待ちになっておられました。大滝さまがなかなかおもどりにならないので『明日、昼前に出直してくる。とりあえず、用件をしたためた書状を預けておく。直《じか》に手渡してくれ』といわれて、引き上げられました」

書状を受け取って錬蔵が訊いた。

「みんなもどっているか」

「安次郎さん以外の方々はもどっておられます。前原さんは『支配用部屋で御支配が帰ってこられるまで待っているとつたえてくれ』と仰有《おつしや》っていました」

「そうか。寝ずの番、ご苦労」

笑みをたたえて錬蔵が告げた。

用部屋に入ってきた錬蔵が、上座に座るのを待ちきれなかったのか、前原が訊いてきた。

「私が見た舟は、芥舟だったのですか」

「そうだ。大行院、妙念寺、瑞雲寺に盗人一味が押し込んだ日の前日に芥取請負稼業の中川屋から芥舟が一艘、貸し出されている」

「借主の名は、わかったのですか」

「いとも簡単にな。借主は北町奉行所与力、芥改役の奥村段介殿だ」

驚愕した前原が、

「まさか、そんな」

「まぎれもない事実だ」

懐から、四つ折りした書付を取り出した錬蔵が、前原に差し出した。

「これが、その証だ」

受け取った前原が、書付を開いた。

読みすすむ。

眉をひそめた前原が、ゆっくりと書付を折りたたんだ。

書付を錬蔵に手渡しながら、前原がいった。

「北町奉行所の与力が盗人一味に手を貸していたとは。情けない限りです」

「奥村殿とおれは、同じ与力だが、深い付き合いはない。年の頃は、おれより三、四歳上のような気がする。なかなかの色男だ。鯔背《いなせ》な男で、与力詰所では場違いな感じがして浮いていた。奉行所内の稽古で手合わせしたことがあるが、剣は目録に届くかどうかといった程度の腕前だ」

遠くを見るような眼差しで、空を見やっていた前原が、独り言のようにつぶやいた。

「十五年ほど前、奉行所内で、逆玉の輿《こし》だと陰口を叩かれていた、見習の与力がいました。与力のひとり娘に惚れられて、一緒にならなければ死ぬとまでおもいつめた娘の気持ちに負けた二親が、微禄の旗本の次男坊を娘婿として迎え入れたという話だと、もっぱらの噂になっていましたが」

おもいだしたのか、錬蔵が、うむ、とうなずいて、前原を見つめた。

「その逆玉の輿が、奥村だ。奥村の屋敷はわかっている。明日、奥村の屋敷近くで待ち伏せて声をかけてみよう。この書付を示したら、どんな態度をとるか見てみたい」

身を乗り出すようにして、前原がいった。

「私も同道させてください」

「すべて成り行き次第だ。その書付には書いてないが、奥村は、船頭と人足、合わせて十二人で芥舟を借りにきた、と中川屋がいっていた」

「十二人ですって。私が張り込んでいたとき、八潮から出てきた男たちも十二人でした」

「奥村は微禄の旗本の、後藤は御家人の冷や飯食い。ふたりがつながったのは、おそらく猟師町だろう。猟師町でとぐろをまいていた遊び人仲間だったのかもしれない」

「もしそうだとしたら、たしかめる手立てはあります」

「どんな手立てだ」

問いかけた錬蔵に前原が応じた。

「浜猟一家に手伝わせて、片っ端から捕まえた猟師町と浜十三町で後藤勇五郎と宵越しの辰造を頭《かしら》としていた遊び人たちの残党を、また解き放っておりません。問い詰めれば、何か出てくるかもしれません」

「やってみてくれ。奥村ではわからぬだろう。養子になる前の姓を、おれは知らぬ。段介という名であたるしかないな」

「段介で訊いてみます」

「岩松たちと動いて、何か新たな聞き込みはないか」

「そのことでございます。実は、岩松の弟分のやくざからおもしろい話を聞き出しました。浜十三町で、いなくなった辰造の後を引き継ぐ形で、残った遊び人たちを仕切っていた貞八《さだはち》という男が、三ヶ月前に清流という船宿を譲り受けて、主人におさまっているというのです」

「船宿の清流だと」

「ご存じですか」

「三好がお登喜を菱屋から連れ出して、欲情を満たすために使っている船宿が清流だ」

　おもいあたって、錬蔵がことばを重ねた。

「用意周到な奴らだ。八潮と清流、二軒の船宿をあらかじめ我が物にして、盗みを仕掛けたのだ。おそらく八潮が疑われたら、根城を清流に移して、次の仕掛けにとりかかる気でいるのだろう」

「いままで盗んだ金品は、どちらに隠してあるのでしょうか。八潮か、それとも清流でしょうか」

「踏み込んで家捜《や》ししても、盗まれた金品は見つけ出せないだろう。ひょっとしたら、別の根城が用意してあって、そこに盗んだ金品を隠しているかもしれぬ。それと、忘れてはならぬことがある」

「忘れてはならぬこととは」

鸚鵡《おうむ》返しをした前原に錬蔵が告げた。

「まだ勇五郎たちが、寺院に相次いで押し込んだ盗人一味だと決めつける証はつかんでおらぬ。はっきりと見極めた上でないと、処断はできぬ」

「お登喜を捕らえましょうか」

「捕らえて責めにかけても、お登喜は口を割らないだろう。お登喜は勇五郎に人質をとられている」

「人質？」

「佐吉だ。安次郎がいっていた。お登喜と佐吉は、まだ惚れ合っている、とな」

首を傾げて、前原がつぶやいた。

「私にはわかりません。惚れた女がほかの男のおもちゃになっている。それを知りながら、そんな女に惚れつづけることができるのでしょうか。私には、憎しみしかないような、そんな気がしますが」

「そのあたりのところは、おれにはわからぬ。男と女の色恋の沙汰《さた》は、人それぞれだ。惚れ合い、憎み合ったふたりにしかわからぬものなのだろう」

「たしかに、そんな気が」

応じた前原の脳裏に、突然、お俊の顔が浮かび上がった。佐知と俊作と遊んでいる笑顔のお俊から、ひとり物思いにふけるお俊、憂いに満ちたお俊と、さまざまなお俊の顔が、浮かんでは消え、また浮かんだ。

（おれはお俊を好きだ。しかし、お俊は御支配のことを好いている。お俊の、そんなこころを知りながら、おれはお俊に惚れている）

胸中でつぶやいて、前原は錬蔵を見やった。

そんな前原のおもいを知ってか知らずか、錬蔵は腕を組み、空を見据えている。

おそらく、次なる探索の手立てを考えておられるのだろう。一瞬湧き上がった、お俊にたいするおもいを、前原は懸命に抑え込んだ。

呼吸をととのえた前原は、新たに錬蔵が発することばを待って、姿勢をただした。

四

翌朝、桜井が錬蔵を訪ねてきた。

刻限は朝五つ（午前八時）、錬蔵が、お俊が運んできた朝餉《あさげ》を食べ終えたところであった。

知らせにきた小者に、

「深川大番屋には接客の間がない。暫時、小者詰所で待ってもらいたい、支度を調《ととの》え次第、顔を出す、とつたえてくれ」

と命じた錬蔵は、大小二刀と十手《じって》を腰に帯び、羽織を羽織って、箱膳に使い終えた茶碗などをいれた。

小ぶりなお櫃《ひつ》と箱膳を抱えた錬蔵が、前原の長屋へ向かう。

箱膳はお俊が持ってきてくれるが、返すときは前原の長屋の裏口の前まで錬蔵が持って行く。最初の数日は、お俊が箱膳を届けにきて、頃合いをみて取りにきていたが、錬蔵から、箱膳はおれが返しに行くことにしよう、と申し出て、いまのやり方に変わったのだった。

長屋の裏戸ごしに声をかけると前原が出てきた。

お櫃と箱膳を前原に渡しながら、錬蔵がいった。

「火盗改の桜井殿がやってきた。これから用部屋で会う。話が終わったら、声をかける。それまで長屋で待っていてくれ」

「桜井様は、何の用でこられたのでしょうか」

「わからぬ。安次郎がまだ、帰ってこない。何かあったのかもしれぬな」

「お登喜に、変わった動きがあったのではないでしょうか」

「お登喜の背後には後藤がいる。張り込んでいるところを、後藤たちに見つかったともおもえないが」

「むざむざつかまるような安次郎ではありませぬ。お登喜に何かあって、夜を徹して見張らなければならないような、そんな事態に陥《おちい》っているのではないかと」

「小半刻後には、皆が用部屋に集まるが、その前に、万が一、安次郎が顔を出すようなことがあったら、桜井殿と話していてもかまわぬ、声をかけてくれ」

「承知しました」

応えた前原に、無言でうなずいて錬蔵が踵《きびす》を返した。

用部屋で、錬蔵と相対して座るなり、桜井が切りだした。

「此度《こたび》の、寺院へ相次いで押し込み、それぞれの寺院の住職、修行僧、寺男まで皆殺しにし、金品を奪って消え去った盗人一味の探索を、火盗改、町奉行所の、職務の垣根を取り払い、たがいに手を取り合って、落着に向けてすすめようとおもって、話し合いにきたのだ。どうだろう、ともに手を取り合って」

「お断りいたす。深川の寺院への押し込みゆえ、土地の住人たちに不安なおもいを抱かせてはならぬとおもい、大行院、妙念寺と二度に渡り、火盗改が出役するまで、寺院内に誰も立ち入らせないように、門前で張り番をした。が、その後、寺院内がどんな様子であったか一言の知らせもない。あまりにも礼を失した行い、とわれら深川大番屋北町組一同、おおいに臍《へそ》を曲げているところだ」

とりつくしまもない錬蔵の返答に、桜井があわてた。

「それは、詫びる。このとおりだ」

膝《ひざ》に手を置いて、頭を下げた。

「遅い。我々の役務は、深川の安穏《あんのん》を守ること。すでに探索は始めている。盗人一味を捕らえれば一件は落着する。もはや、押し込まれた寺院の、なかの有様など知る必要もない。深川には深川の土地柄にあった探索の仕方がある。これ以上の話し合いは無用でござる」

「しかし、そこを何とか。武士は相身互《あいみたが》い。たがいの顔を立て合おうではござらぬか」

上目遣《づか》いに桜井が錬蔵を見つめた。

「話は終わった。お引き取りくだされ」

「子供の使いではないのだ。はい、そうですかと引き下がれぬのが宮仕えの苦しいところ。なんとか、そのあたりのところを汲《く》み取っていただけぬか」

粘る桜井を黙然と錬蔵が見やっている。


用部屋で錬蔵と桜井が話し始めた頃……。

鞘番所の木戸門へ向かって、口をかたく結んだお登喜が歩いていく。

その後ろに、お登喜をつけていく佐吉と卯吉の姿があった。

木戸門の前でお登喜が足をとめる。

見届けた佐吉と卯吉が、お登喜を見張ることができる立木の陰に身を潜めた。

その瞬間、佐吉と卯吉の目の端をかすめて鞘番所へ向かって走って行く男がいた。

安次郎だった。

走ってきた勢いそのままに、安次郎がお登喜に突き当たった。

よろけたお登喜を抱きとめた安次郎が、お登喜に小声で告げた。

「お紋さんの知り合いだ。悪いようにはしねえ。一緒にくるんだ」

はっと安次郎を見つめたお登喜に途惑いがみえた。

うむ、とうなずいた安次郎が小者詰所に声をかけた。

「安次郎だ。潜り口を開けてくれ。急いでるんだ」

小者詰所から駆けだしてきた小者が、潜り口を開けた。

「入るぜ。大事なお客さんだ。旦那は用部屋かい」

声をかけ、お登喜を横抱きにしたまま入ってきた安次郎に、ただならぬ気配を感じたのか、小者が緊張した顔つきで応えた。

「御客さまがいらして、用部屋に」

「わかった。ご苦労さん。このこと、南町組には内緒だぜ。いいね」

「わかりました」

「頼むぜ」

一気に運んだ成り行きに呑まれていたお登喜が、身悶《みもだ》えしていった。

「離してください。お紋姐さんの知り合いって、ほんとうですか」

「手を離したら逃げるだろう。逃がすわけにはいかねえのさ。このまま、一休みできるところへ連れて行く。いっておくが、お紋さんは、お登喜さんと会った夜の翌日、鞘番所へやってきて、お登喜さんの様子が気にかかる、と旦那に相談したんだ」

「旦那って」

「鞘番所北町組の御支配さ。お紋さんとは、たがいに惚れ合った仲のお人だ」

「お紋姐さんが惚れたお人が、鞘番所北町組の、御支配さま」

つぶやいた途端、お登喜があらがうのをやめた。

「いいこころがけだ。もうすぐ着くぜ」

「どこに行くんです」

「お紋さんと仲のいい、お俊という気のいい女と、前原の旦那が住んでいる長屋さ」

「着いたら、手を離してくれますね」

「離すさ。が、あらかじめ断っておくが、そこには子供がふたりいる。取り乱さないでくれよ。取り乱したり、逃げようとしたら、ちょっとの間、牢に入ってもらうことになる」

「おとなしくしています」

「もうひとつ、いっておく。お登喜さんを佐吉ともうひとりの男が、つけてきていた。一度、菱屋にお登喜さんを連れ出しに来た男だ」

驚いて、お登喜が安次郎を見つめた。

「それじゃ、ずっとあたしを」

「見張っていた。旦那の指図でね。お登喜さんが長屋の前で三好に待ち伏せされたとき、火事だ、と叫んだのはおれだ」

「それじゃ、あのときは、あたしをたすけてくれた。そういうことですね」

「まあな。もうすぐ着くぜ」

長屋の表戸の前に立った安次郎がなかへ向かって声をかけた。

「前原さん。おれだ」

駆け寄ってきた足音が土間におりて、なかから表戸が開けられた。

顔を出したのは、お俊だった。

「前原さんは」

「佐知ちゃんと俊作ちゃんにせがまれて、剣術の稽古をしているよ。安次郎さんがきたら、呼んでくれといわれていたんで、いつくるかと待ってたんだよ」

目をお登喜に移して、お俊が安次郎に訊いた。

「この人は」

「お登喜さんだよ」

驚いたお俊が、お登喜に話しかけた。

「お登喜さん、お紋さんが心配してたよ。早く入りな」

入りやすいように躰をずらしたお俊に、

「すみません。心配かけて」

「早くお入り。大滝の旦那は、いま手の離せない仕事にかかってらっしゃる。ちょっと、ここで待っていておくれ。さ」

手をのばしたお俊が、お登喜の手をとって、なかに引き入れた。

つづいて安次郎が足を踏み入れる。

いつもはお倹が使っている部屋で、お登喜と向き合うようにして安次郎と前原が座っている。

「そろそろ、お倹が用部屋に着く頃だな」

話しかけてきた前原に、

「おれのほかにお登喜さんもいる、と聞いたら旦那、驚くだろうな」

にやり、として安次郎が応じた。


用部屋で錬蔵と桜井が無言で見合っている。

近づいてくる足音がして、用部屋の前で止まった。

戸襖《とぶすま》ごしに声がかかる。

「お待ちかねの方がもどりました。話したいことがあると申しております」

よそ行きの物言いだが、お倹の声だった。

「わかった。すぐ行く」

応えた錬蔵が桜井に告げた。

「お聞きのとおりだ。拙者は忙しい。引き上げていただこう」

「仕方がない。あきらめるしかなさそうだな。引き上げよう」

渋面《じゅうめん》をつくった桜井が、脇に置いた大刀を手にとった。

五

表の木戸門まで桜井を見送った錬蔵は、その足で前原の長屋へ向かった。

表戸の前に立った錬蔵が声をかけたら、安次郎が出てきた。

「心配かけやした。お登喜を徹夜で見張らざるを得ないことになりやして、どうも」

頭をかいた安次郎に、錬蔵が応じた。

「お登喜のこと、お俊から耳打ちされた。お登喜を連れて前原と一緒に、おれの長屋にきてくれ。ここには佐知と俊作がいる。万が一にも、お登喜が逃げだすことはあるまいが、つまらぬ修羅場を子供たちに見せたくない」

「その通りで」

「おれは長屋に帰っている」

「すぐお登喜を連れていきやす」

うなずいた錬蔵が、安次郎に背中を向けた。

長屋の、安次郎が泊まるときに使う部屋で、お登喜と錬蔵が向かい合っている。錬蔵の左右に前原と安次郎が控えていた。

昨日から今朝方までの顚末《てんまつ》を安次郎が話して聞かせた。

聞き終えた錬蔵が、お登喜を見やった。

「三好を棒で殴った男、一発で気絶させるとは、かなり喧嘩慣れした者だとみたが、お登喜、知ってることを話してくれないか」

「卯吉さんです。お頭の、盗人仲間の兄貴分です。人を殺すことを、なんともおもっていない、恐ろしい人です」

応えたお登喜に、錬蔵が訊いた。

「お頭とは、誰のことだい」

「蝮の勇五郎、です。十年ほど前から、客分の宵越しの辰造とふたりで日光街道沿いを荒らし回っていた盗人です。いまは、一味は佐吉さんを入れて総勢十二人。佐吉さんは、押し込みでは役立たずで、盗んだ品々の運び役をやらされています。あたしは、佐吉を殺されたくなかったら、おれのいうことをきけと脅され、勇五郎に手籠《てご》めにされました。それ以後もずっと、佐吉をたすけたかったら、おれのいうことをきけ、といいつづけられて、ずるずると」

「蝮の勇五郎と知り合ったきっかけを話してくれ」

「駆け落ちをした三年前、宇都宮で手広く商売をやっている佐吉さんのおじさんに相談に乗ってもらおうとおもって日光道をたどったんです。ところが古河で、ひょんなことから土地のやくざと佐吉さんが喧嘩になり、半死半生《はんしはんしよう》のめにあわされて」

「そのとき、たすけてくれたのが勇五郎だったんだな」

うなずいたお登喜が、話をつづけた。

「宿代から佐吉さんの薬代までも面倒をみてくれたんです。半月ほどして、佐吉さんが歩けるようになった頃、あたしは勇五郎に呼び出されて『とことん面倒をみてやったんだ。お礼に欲しいものがある。おまえの躰だ』と凄《すご》まれて」

そのときのことをおもいだしたのか、お登喜が眉間に皺《しわ》を寄せた。下唇を嚙む。

気づかぬふりをして、錬蔵がいった。

「手籠めにされたのだな」

無言で、お登喜が顎を引いた。

さらに、錬蔵が問いかける。

「駆け落ちして、まだ三年だ。いろいろと不都合なことがあるだろうに、なぜ深川にもどってきたのだ」

伏し目がちにお登喜が応えた。

「勇五郎に指図されたのです。親分と客分の間で、深川で祠堂金貸《しどうきん》しをやって大儲《もう》けしている寺院を狙おうと、二年ほど前に話がまとまりました。その後、準備を重ねて、昔の遊び仲間たちを使い、一年前に八潮を、つづいて清流を買い取りました。遊び仲間たちから聞いた話から、深川が昔と違って、いまは鞘番所北町組が頑張って、それなりに取り締まりが行き届いていると知って、なら北町組の動きを探るために、南町組の同心を使おうという話になり」

「それで、三好に近づくように勇五郎に命じられたのだな」

「そうです。ひとりで三好が町中をあるいているところを狙って、悪い奴らに追われている、たすけて、とあたしが三好にしがみついてみせたのです。卯吉たちが、追いかけてくる連中に化けて、一芝居打ったんです」

さらに錬蔵が問いかけた。

「その前に、お登喜がいた置屋《おきや》に押しこみ、置屋夫婦を殺したのは、寺院に押し込み、大金を奪うという目論見《もくろみ》を果たすためには、お登喜の顔を知っている置屋夫婦は何かと邪魔になると、勇五郎が判じたからだな」

「そうです。あたしが動きやすくなるようにと、お頭たちが考えたことです」

おもいのほか、すらすらと応えてくれるお登喜に、安次郎と前原はおもわず目を見交わしていた。

じっとお登喜を見つめて、錬蔵がいった。

「これから同心たちとの会合を始めるので、用部屋へ向かわねばならぬ。とくに話すことはないか」

突然、お登喜が畳に両手をついて、深々と頭を下げた。

「佐吉さんを、あたしの佐吉さんをたすけてください。この通りです」

考えてもいなかったお登喜の頼みに、前原と安次郎がおもわず顔を見合わせた。

じっとお登喜を見つめて、錬蔵がいった。

「いまお登喜が話してくれたことで、あらかたの仕組みはわかった。おれの力が及ぶかぎり、佐吉をたすけるための動きをしよう」

顔を上げたお登喜が錬蔵を見つめた。

「ほんとうですか」

縋《すが》るようなお登喜の眼差しを、しかと受け止めて錬蔵が告げた。

「ほんとうだ。ただし、たすけた佐吉がお登喜のことを、嫌いだ、顔も見たくない、というかもしれぬ。それでも佐吉をたすけたいか」

「かまいません。あたしは、あの人に、佐吉さんに惚れているんです。捨てられてもいい。佐吉さんに生きていてほしいんです」

「お登喜のおもいはわかった。このこと、お紋につたえておこう」

「お紋姐さんに、会いたい。会わせてもらえませんか」

「折りをみて、会う段取りをつけよう。いまは、何よりも蝮の勇五郎一味を捕らえ、処断し、一件を落着せねばならぬ。一件の落着が、佐吉をたすけることにつながる。わかるな」

「わかりました。もうひとつ、お願いがあります」

「何だ」

「あたしを牢に入れてください。あたしは罪をおかした女です。あたしは、探索の邪魔にはなりたくないのです」

訝しげな面持《おもも》ちで錬蔵が、安次郎と前原も、驚きと怪訝《けげん》なおもいが入り交じった顔つきで、お登喜を見つめている。

ややあって錬蔵が、お登喜に告げた。

「牢には入ってもらう。ただし、入牢させるのは、おれが会合を終えて、もどってからだ。同じ鞘番所のなかに三好がいる。三好が牢に近づかぬように、南町組に話をつけねばならぬ。それまでは、安次郎と世間話でもして、この長屋にいるのだ」

「そうさせていただきます。ありがとうございます」

再び、深々と頭を下げたお登喜のことばが、次第に涙混じりの声に変わり、大きく揺れて、かすれた。

六

用部屋で錬蔵の前に溝口、八木、松倉、小幡の同心たちが、その斜め後ろ脇に前原が座っていた。

「今朝方、安次郎に連れられて、水茶屋菱屋の茶汲み女、お登喜が自訴《じそ》してきた。お登喜は、大行院などに押し入った盗人一味の一人だ。お登喜は、いまおれの長屋で安次郎の取り調べをうけている」

「盗人一味の女が、なぜ自訴してきたのですか」

「どんな素性《すじょう》の女なんです、お登喜は？」

小幡と溝口がほとんど同時に声を上げた。

「一ヶ月ほど前、大島町の置屋が盗人に押し込まれ、なかにいた主人夫婦と住み込みの婆さんが殺され、金品が奪われた」

わきから溝口が声を上げた。

「おぼえています。置屋に抱えられていた芸者たちは、座敷に出ていてたすかったという一件ですね。まさかお登喜は、その置屋の抱え芸者だったのでは」

「そうだ」

同心たちが息を呑んだ。小幡が声を高めて訊いた。

「置屋夫婦たちはお登喜の顔を知っているために殺された。そういうことですか」

「いい読みだ。すすんで調べに応じているお登喜は、そういっている。盗人一味の頭は、ここ十年、日光道筋で盗みを働いていた蝮の勇五郎だ。一味は客分の宵越しの辰造ほか手下十人、総勢十二人だ」

口をはさんで松倉が訊いてきた。

「御支配は、誰からお登喜のことを聞かれたのですか」

「お紋だ。お登喜は、お紋の妹芸者だった。お登喜は三年前に、船宿の船頭佐吉と恋仲になり、駆け落ちした。そのお登喜が、深川にもどってきているのを見かけてお紋が声をかけた。お登喜の様子に気にかかるところがあったので、おれに相談してきた」

　同心たちに錬蔵は、お登喜を安次郎に見張らせたこと、河水の藤右衛門に助力してもらい桶船を多数所有する屎尿《しにょう》汲み取り稼業の大年寄や、多数の芥舟を持つ、芥取人仲間の中川屋を訪ねたこと、中川屋で驚くべきことが判明したことなどを話して聞かせた。

　一膝すすめて溝口が問うてきた。

「中川屋で判明したことを話してもらえますか」

「話そう。北町奉行所与力、芥改役の奥村段介が、大行院、妙念寺、瑞雲寺に盗人一味が押し込んだ前日から当日にかけて芥舟を借り受けている。しかも奥村が自ら手配した船頭、人足、総勢十二人でだ」

「船頭、人足合わせて十二人ですと。盗人一味と同じ人数ではございませんか」

驚きの声を発した八木に錬蔵が応じた。

「奥村のこと、これから北町奉行所に出向き、どう処理すべきか年番与力に相談する。北町奉行所の恥になること、決して口外してはならぬ」

一同が緊張した面持ちで顎を引いた。

さらに錬蔵は、諸町の八潮にお登喜が出入りしていたこと、猟師町と浜十三町の遊び人で、さほど金を持っているとはおもえない男が八潮の主人におさまっていること、猟師町の遊び人仲間の頭で御家人の次男坊の後藤勇五郎と、浜十三町の遊び人の頭、宵越しの辰造が、十年前に高利貸しの店に盗人が押し込み、家人奉公人皆殺しにして、金品を奪った一件が起きたときから行く方知れずになっていることなどを一同につたえた。

聞き終わった後、溝口が口を開いた。

「後藤勇五郎は、盗人一味の頭、蝮の勇五郎に違いありません。おそらく高利貸しのところに押し込んだのも、勇五郎と辰造でしょう」

「そのこと、お登喜の話から推断できる」

「盗人一味の根城はわかっています。斬り込みましょう」

いきりたった溝口に、錬蔵がいった。

「実は、もうひとつ、驚くべき話があるのだ」

「いまひとつの驚くべき話とは？」

「お登喜は、勇五郎の命令で南町組の三好に近づき、色仕掛けで籠絡《ろうらく》して、三好に北町組の動きを探らせていたのだ」

「何ですって、あの三好が」

「何て野郎だ。痛めつけてやる」

相次いで小幡と溝口が、怒りの声を上げた。

「このこと、お登喜だけでなく、小者詰所の小者のひとりが安次郎に話している。小者も、三好をどう扱っていいか困っていたそうだ。安次郎の話だと、三好は菱屋に立ち寄って、頻繁にお登喜を連れ出している。それだけではあきたらず、お登喜の住む裏長屋に張り込んで、お登喜が出てくるのを待っていたそうだ」

「それはひどい」

「見下げ果てた奴だ」

呆れた顔をして同心たちが顔を見合わせ、独り言のように松倉と八木がつぶやいた。

一同を見やって錬蔵が告げた。

「溝口と八木、松倉と小幡は、前原とともに、捕らえた猟師町と浜十三町の遊び人たちを詰問してくれ。芥改役の奥村段介は養子だ。おれは奥村という名しか知らぬ。奥村が、後藤勇五郎の遊び仲間であることを突き止めれば、奥村が揃えた総勢十二人の船頭、人足たちは盗人一味だと推断できる。十年以上前、旗本の冷や飯食いで、段介という名の男が遊び人仲間にいたかどうか突き止めるのだ」

ことばを切った錬蔵が、一同を見据えてつづけた。

「おれは、これより南町組の片山に会い、三好のことで一文句つける。その後、北町奉行所へ向かう。三寺院に押し込み、なかにいた者を皆殺しにして金品を奪って逃げ去った盗人一味と、決着をつける日も間近だ。こころしてかかってくれ」

眦《まなじり》を決して、一同が強く顎を引いた。

清流の奥の座敷では、上座にある勇五郎と辰造の前に佐吉と卯吉が、手下たちは居流れて座っていた。

鞘番所から駆けもどってきた卯吉と佐吉から、お登喜が鞘番所の手先とおもわれる町人に捕まり、鞘番所に連れ込まれた、と知らされた勇五郎は、いきなり怒《ど》鳴《な》りつけた。

「馬鹿野郎。なぜひとり残って、鞘番所を張り込まなかったんだ。お登喜が鞘番所から、どこか別の場所に移されるかもしれねえんだぞ」

わきから辰造が声をかけた。

「蝮の、いきなりがなり立てても、一文の得にもならねえ。それに、おれは、お登喜は口を割らねえとおもうぜ」

「なぜだ。なぜ、そうおもうんだ」

皮肉な笑みを片頰に浮かべて、辰造が応じた。

「こっちには、人質がいるからさ。佐吉、という人質がな」

はっ、として佐吉が顔を伏せた。

意味ありげな笑みを浮かべて、勇五郎がいった。

「なるほど。佐吉さままさまだな。おれたちのことを洗いざらい吐き出したら、おれたちが一網打尽に捕まるおそれがある。捕まったら、おれたちもそうだが、佐吉も死罪は免《まぬが》れねえ。いくら佐吉が、おれは見張っていただけだと訴えても、誰も信じてくれないだろうよ。世間とはそんなもんだ。なにしろおれたちは、数えきれねえくらい人を殺してきたからな」

せせら笑って辰造が応じた。

「そうよ。深川にもどってから、ゆうに四十人以上は殺したぜ。それより、鞘番所の北町組の連中が、ここまで深川を仕切っているとは、おもってもみなかったぜ」

「早いとこ、北町組支配の大滝とやらを始末しとけばよかったんだ。いまとなっちゃ、手遅れかもしれねえ。何もかも昔の仲間のせいだ。まったくどじな奴らだ」

「土地のやくざの一家も、目に余るほどのことをやらなきゃ目こぼししている。昔の遊び人仲間も、いわば野放しにしてくれている。遊び人仲間の尺度で測ったら、鞘番所の動きは気にならなかったのさ。いまのおれたちの悪さは、遊び人だった頃からみれば度外れのひどさだ。昔の仲間を責めることはできねえ」

「それより、いつ腕の立つ浪人たちの手配がつく。早いとこ、大滝を始末しなきゃおちおちできねえ」

「今日の宵の口までには手配がつく。久万吉が動いてくれている」

「いずれにしても、浜十三町と猟師町に屯《たむろ》している遊び人たちを片っ端からとっ捕まえた鞘番所が、これからも遊び人を捕らえて、調べつづけていれば、お登喜が口を割っていないからやっていることだと、見立てることができる。口を割る前に、大滝を始末する。大滝さえ始末すれば、他の連中は有象無象《うぞうむぞう》だ。深川は、おれたちが昔、遊んでいた頃の深川にもどる。早くそうしたいものだ」

「おれも同じおもいよ」

顔を見合わせ、辰造と勇五郎が酷薄《こくはく》な笑みを浮かべた。

七

小名木川を荷を積んだ舟が行き来している。

すでに、押し込みに使われた舟の調べは終わっている。それなのに、なぜか川面《かわも》をすすむ舟に、ついつい目を向けてしまう自分に、錬蔵は、おもわず苦笑いを浮かべていた。

小名木川の岸辺に、錬蔵と片山が肩をならべて立っている。

出かける支度をととのえた錬蔵は小者詰所に寄り、小者のひとりを南町組の役所へ走らせ、片山を呼んできてもらった。

どうしてもつたえたい話があるときには、錬蔵から呼び出しがかかる。その意味を承知している片山は、用部屋にいるときは万難を排して、呼び出しに応じるようにしている。

小者詰所に顔を出した片山とともに錬蔵は、ふたりで話すときの場所と決めている鞘番所前の小名木川の岸辺へ向かった。

「話を聞こう」

切りだした片山に、錬蔵が応じた。

「三好が、北町組の動きを探っていた」

「三好が？　三好がそんなことをするはずがない。探って、三好に何の得があるのだ」

腹立たしいおもいが片山の音骨《おとぼね》に籠もっていた。

「それがあるのだ。三好は、大行院など三寺院に押し込んだ盗人一味が仕組んだ水茶屋の茶汲み女の色仕掛けにはまって、北町組の動きを鞘番所の小者たちから聞き出していた。三好の動きが気になったのか、小者のひとりがおれの配下に打ち明けている」

あくまでもふだんと変わらぬ錬蔵の物言いであった。

「小者のひとりが、証人か」

独り言のように片山がつぶやいた。

しばしの沈黙が流れた。

うむ、と呻いて、片山が口を開いた。

「三好のこと、くわしく話してくれ」

「実は今朝方、盗人一味の頭に命じられて、三好に仕掛けていた茶汲み女が自訴してきた。いま、長屋に閉じ込めてある。その女が話してくれたことで、すべての成り行きが判明した」

「女は、なぜ自訴してきたのだ」

訝しげに片山が訊いてきた。

「三好が、女に夢中になりすぎて、女が住んでいる長屋の近くに張り込んだり、待ち伏せして襲いかかったりしたそうだ。女は、三好のあまりのしつこさに辟易《へきえき》したのだろう。事の始まりは、こうだ」

色仕掛けで三好を籠絡しようと一味の者が一芝居打って、三好と女を知り合わせたこと、三好が女のいる水茶屋に足繁く通い、二日と明けず連れ出したこと、やがて三好が女をつけまわすようになったことなどを錬蔵が片山に話して聞かせた。

「三好は、その女が菱屋はもちろん、住まいからも姿を消したとなれば、おそらく捜し回るだろう。盗人一味がその女のことを種に三好に近づき、その女を使って、『おまえに北町組の動きを探らせたのはおれたちだ。もう一度いうことをきかねば、すべてを表沙汰にするぞ』と三好を脅しあげ、再び北町組の動きを探らせようとするかもしれない。大滝殿は、そう見立てているのだな」

「そうだ。盗人一味を相手にするだけでも精一杯だ。三好のことは片山殿に頼みたい」

「承知した。三好のことは、おれにまかせてくれ。今後、探索の邪魔をするような動きはさせない。その代わり、三好が女の色香に迷い、北町組の動きを盗人一味にもらしたこと、口外しないと約束してくれ」

「おれにも頼みがある。おたがいの頼みをききあう。そういうことにしてくれないか」

「よかろう」

「おれは自訴してきた女と、女が惚れた男の罪を見逃してやるつもりでいる。そのことを見て見ぬふりをしてもらいたいのだ」

「よかろう。見逃してやろうと考えたわけは、あえて訊くまい」

「かたじけない。これから出かけねばならぬ」

「ここで別れよう」

無言でうなずいて錬蔵が片山に背中を向けた。


盗人一味の実態が明らかになってきたことを錬蔵は、ひしひしと感じていた。一件の落着が間近に迫っている。勇五郎や辰造も、そのことを強く感じているはずだった。

おれがさまざまな手を打つように、勇五郎たちもあらゆる手立てを尽くしてくるに違いない。鞘番所にも見張りがつくだろう。おれもつけられるかもしれない。そうなると、動きにくくなる。思案をおしすすめていった錬蔵のなかで、不意に湧いた考えがあった。

弱みを見つけようと、勇五郎たちはおれの身辺も調べるに違いない。その結果、勇五郎たちは、おれとお紋が相思相愛の仲であることを必ずつかむだろう。

そうおもった瞬間、

（お紋が盗人一味に狙われる。拐《かどわ》かされ、人質にとられるかもしれない）

そんなおもいが、錬蔵のなかで噴き上がってきた。

鞘番所にお紋をかくまうのは、北町組支配という立場上、避けるべきだと錬蔵は判じている。

頼りになるのは、河水の藤右衛門しかいなかった。

（まず河水楼へ向かい、藤右衛門にお紋をかくまってくれるように頼もう。数日のうちに一件を落着する。勇五郎たちの根城はわかっている。後顧《こうこ》の憂いをなくし、一気に勝負をつけるのだ）

そう腹をくくった錬蔵は、藤右衛門に会うべく、河水楼へ向かって歩みをすすめた。

七章　尾生之信《びしょうのしん》

一

河水楼にやってきた錬蔵を、藤右衛門は、あらためていた帳面を閉じて、笑顔で主人控えの間に迎え入れた。

向き合うなり錬蔵は、今朝方、盗人一味に利用されていた女を安次郎が捕らえたこと、自らすすんで白状した、その女の話によって一気に探索がすすみ、盗人一味の頭《かしら》や客分《きやくぶん》がかつて猟師町と浜十三町の遊び人だったことや、一味の根城《ねじろ》がわかったこと、一味が自分とお紋のかかわりを知ったら、お紋を拐《かどわ》かし、人質にとるおそれがあることなどを藤右衛門に話し、最後に、一件落着まで、お紋を預かってくれ、と頼んだ。

藤右衛門は、

「私がお紋の住まいへ出向き、河水楼に連れてきましょう」

と二つ返事で引き受け、さらにことばを重ねた。

「いよいよ落着も間近ですな。盗人の親玉が深川にくわしい奴らだと教えてもらった。本来なら蚊帳《かや》の外に置かれて当たり前の私に、探索上のことを教えていただき、嬉しいかぎりです」

と笑みをたたえていい、親しみのこもった眼差《まなざ》しで錬蔵を見つめた。

北町奉行所に向かいながら、錬蔵は、河水楼での藤右衛門とのやりとりを思いだしている。

（ありがたいことだ）

いつも変わることなく手助けしてくれる藤右衛門にたいする、錬蔵の素直なおもいであった。

いまごろ前原や溝口たちは、自身番で捕らえた遊び人たちを取り調べているだろう。以前、奥村と後藤勇五郎に、どんなかかわりがあったのか、その付き合い方次第で、これから立てる策が違ってくる。錬蔵は、そう判じている。

歩を運びながら、錬蔵は前原や溝口ら同心たちにおもいを馳《は》せた。

自身番で、柱に縛りつけた髭面《ひげづら》の遊び人の前に、それぞれ割れ竹を手にした溝口と八木が立っている。

「もう一度訊く。十数年前、猟師町に段介という名の二本差しの遊び人がいなかったか。おそらく後藤勇五郎という御家人の次男坊とつるんでいたはずだ」

遊び人が、青菜に塩、の体《てい》で応じた。

「何度もいっているじゃねえですか。あっしが猟師町をぶらつきはじめたのは、十年ちょっと前、先のお頭の後藤さんが、姿をくらました頃なんですよ。だから、先のお頭のとの付き合いもほとんどねえんですよ」

割れ竹を遊び人の首の根元にあてて、八木が凄《すご》んだ。

「ほんとうか。できることなら割れ竹で叩くなんて、荒っぽいことはやりたくないんだが、やらなきゃいけないときもある。わかるな」

「旦那、勘弁してくださいな。ほんとうに知らないんですよ」

「嘘《うそ》をつくな。別の遊び人が、おまえなら知っているはずだといってるんだ。くらえ」

割れ竹を振り上げた八木が、遊び人の肩に振り下ろした。

激痛に呻《うめ》いた遊び人が、悲鳴に似た声を上げた。

「勘弁してくだせえ。知らねえ。ほんとに知らねえ」

「吐け。吐くまで叩く」

振り上げた八木が手にした割れ竹を、溝口が割れ竹で押さえた。

「止め立て無用」

睨《にら》みつけた八木に溝口が告げた。

「無駄だ。こいつが知っていると告げ口した遊び人は、その場逃れでいったのだ。よくある話だ。見ろ」

溝口が顎《あご》をしゃくった。自身番の一隅に、手足を縛られた別の遊び人が、後ろ向きになって壁に顔を押しあて、身を竦《すく》めている。

見やった八木が、いまいましげに舌を鳴らした。

別の自身番では、柱に縛りつけた遊び人を、一隅に立った松倉と小幡が見つめている。

「この自身番に留め置いた遊び人たちは、段介のことを知らないようだ」

首を捻《ひね》った松倉に小幡が応じた。

「十数年前に猟師町や浜十三町で遊んでいた奴らと、いまうろついている遊び人は代替わりして、面子《めんつ》が変わっているのかもしれませんね」

「新たな手立てを考えたほうがよさそうだな」

「そうしますか」

自身番のなかに手足を縛って座らせた十人余と、柱に括《くく》り付けた遊び人に、松倉と小幡が目を走らせた。


自身番の前で前原と岩松が話している。

「一家にもどってきた使い走りの三下から、調べがはかどっていないようだ、と聞いたんで、気になってきてみたんですが、もしよければ何を調べているか、話してくれやせんか」

訊いてきた岩松に前原が応えた。

「十数年前にいたと思われる、段介という名の、二本差しの遊び人のことを調べてるんだが、何せ一昔前のことだ。知ってる奴がいなくてな」

「段介、生島《いくしま》段介のことですかい。色男の女たらしで、女郎を口説いてものにしては小銭を貢《みつ》がせていた、薄汚い野郎でしたが。後藤にはかわいがってもらってましたね。もっとも、後藤も金がないときには、段介を女のところに走らせて、金をつくらせてましたが」

まさに灯台下暗しだった。前原のことを、先生と呼んで、みょうに馴染《なじ》んでくれている岩松が段介のことを知っているとは意外だった。

与力の娘が、段介にのぼせあがって、一緒になれないのなら死ぬ、といい張ってきかないので、二親が折れて婿に迎え入れた、と錬蔵がいっていたことを、前原はおもいだした。

「生島段介は女を口説き落とすのがうまかったんだな」

「そうなんで。まるで、女をたらし込むために生まれてきたような男でして。深川から出ていかなきゃいけなくなったのも、女がもとなんでさ。二股かけていた片方に、二股かけていることがばれて、しっぽり濡れた後の夜具のなかで、あやうく寝首をかかれそうになって、命からがら逃げ出したと聞いておりやす」

「そいつのことを、もう少しくわしく話してくれ」

「ようがす。知っているかぎりのことを話しますぜ」

「立ち話もなんだ。そこらへんの茶店へいこう」

「どこへでもつきあいます」

先に立って歩き出した前原に岩松がつづいた。

二

北町奉行所の接客の間で、年番与力の笹島隆兵衛《ささじまりゅうべえ》と錬蔵が向かい合っている。

笹島は、探索の途上、非業《ひごう》の死を遂げた錬蔵の父、大滝軍兵衛《ぐんべえ》の親友だった。その縁もあって、笹島は、父親代わりとして何くれとなく錬蔵の面倒をみてくれている。

久しぶりに北町奉行所にやってきた錬蔵から、

「大事な話があります」

と切り出された笹島は、錬蔵と接客の間へ向かったのだった。

接客の間に入って座るなり、

「これを見てください」

と中川屋が書いた書付を錬蔵から渡された笹島は、じっくりと目を通した。

書付から顔を上げて笹島が訊いてきた。

「奥村からは、芥取人《あくたとりにん》から芥舟《あくたぶね》を借りたとの報告は上がっていない。奥村は、何のために芥舟を借りたのだ」

「中川屋は、芥改役《あくたあらためやく》にあてがわれている舟で出役《しゆつやく》すると、すぐにあらためるべき相手にわかってしまう。築地土木の普請場《ふしんば》に塵芥《ごみ》を運び込む手間を省こうとして、川や海に塵芥を捨てる不心得者たちを取り締まるためには、芥改役にあてがわれている舟ではない芥舟に乗らないと、うまく取り締まれないのだ、と奥村から聞いたといっていました」

「それなりに理由をつけているわけか。しかし、その理屈だと何かあったときには、町奉行所内では通用せぬ。出役するときの定めに反することを行うときは、しかるべき手続きをとらねばならぬ。奥村は、その段取りをふんでいない」

そこでことばを切った笹島が、錬蔵を見つめて問いかけた。

「錬蔵が、わざわざこの書付を見せにきたのには、それなりのわけがあるのだろう。話してくれ」

「奥村が中川屋から芥舟を借りた日の、日付が変わった夜中に、盗人一味が祠堂《しどう》金《きん》貸しで儲《もう》けている大行院、妙念寺、瑞雲寺に相次いで押し込み、住職から寺男まで皆殺しにし、金品を奪って逃げ去っております」

「三寺院に盗人が押し込んだ日が、芥舟を借りた日の翌日だという点が一致するのか」

無言で錬蔵がうなずく。笹島がことばを継いだ。

「段介の亡くなった義父から聞いているが、奥村は、段介を婿に迎えることに最後まで反対したのだ。が、ひとり娘が、一緒になれないのなら死ぬ、と懐剣の紐《ひも》の結び目を解《ほど》いた必死な様子を見て、反対することを諦めたといっていた」

「笹島のおじさんと、奥村さんが屋敷で、時々親父殿と一緒に酒を酌《く》み交わしておられたのを子供心に覚えています。正直いって、奥村の名が出たときには驚きました。奥村段介の先代と私の父が、酒を酌み交わす仲であったことは、誰にも話しておりません」

「いまのところ、そうするしかないだろう。配下の者たちがいらぬ忖度《そんたく》をするかもしれぬ」

「奥村段介は、盗人一味と通じている。私はそう見立てております。盗人一味の根城もつきとめています。盗人一味をとらえて責め立てたら、奥村段介のことは表沙汰《おもてざた》になります。さすれば」

「段介は断罪に処せられ、家禄を召し上げられるは必定《ひつじょう》。奥村には嫡男《ちゃくなん》がおる。事を内々に済ますことができれば、奥村の家は繫がる」

「盗人一味は捕らえねばなりませぬ。奥村の家を繫ぐためには、奥村段介に捕物《とりもの》に加わってもらい、一働きしてもらうしかありませぬ。私は、奥村段介に一度だけ、立ち直る機会を与えてやりたいのです」

「段介が盗人一味の探索にすすんで加わることはあるまい。日頃の務め振りからして、正直いって段介は役立たずだ。代々、北町奉行所で与力職にあった奥村の家の婿、跡取りということで皆、表だって厳しく扱わぬが、手を抜くことが多く、同役から呆《あき》れられている。娘御も、いまは夫婦になったことを悔いているだろう」

「おじさんは、どうすればよいと考えておられますか」

うむ、と笹島が首を傾《かし》げた。

「奥村の家は守ってやりたい。しかし、わしは、錬蔵、おまえに貧乏籤《くじ》を引かせたくない。奥村段介は、いい逃れるために悪知恵をしぼることがあっても、探索にくわわって苦労することはない。そんな男だ。結句、錬蔵、おまえが、自らの手を汚し段介を処断して、探索の途上、命を落としたことにするしかなくなるのだ」

「私は、親父殿なら、どうするだろうと考えるのです」

「軍兵衛なら、段介と話し合い、段介の動きを見極めようとするだろう。そして、あくまで見下げ果てたことをつづけるのなら、自らの手で処断し、奥村の家を残してやろうとするはずだ。軍兵衛は、一本気で、武士の情けを知る男だった」

「親父殿の気性を、善くも悪くも、私は引き継いでいるようです」

「錬蔵。奥村の家は見捨ててもいいのだぞ。これは、あきらかに貧乏籤だ。陰ながら奥村の家を守ってやっても、奥村の家の者たちから、ありがとうの一言も得られぬだろう」

「おじさんなら、どうされますか」

「わしか。わしも軍兵衛同様、奥村の家を守るために動くだろう。報《むく》いのないことだとわかっていてもな」

破顔一笑《はがんいっしょう》して、錬蔵がいった。

「何をすべきか決まりました。おじさん、私が、『ふたりだけで腹を割った話をしたい』といっている。よくわからぬが、よほど大事なことらしい。接客の間にいるから、すぐ行ってくれと奥村段介に命じてくれませんか。後の始末は、私がつけます。私は、おじさんや奥村さんと酒を酌み交わしていたときの親父殿の屈《くっ》託《たく》のない笑顔を忘れられないのです」

「錬蔵」

名を呼んだ笹島が、じっと錬蔵を見つめた。

ややあって、笹島が強く目を閉じた。

しばしの沈黙があった。

ゆっくりと目を見開いた笹島が、錬蔵に告げた。

「段介に、この部屋へ向かうように命じてくる」

無言で錬蔵がうなずいた。

三

接客の間にやってきた奥村段介は錬蔵の前に座るなり、訝《いぶか》しげな顔をして問いかけてきた。

「大滝さん、笹島様から『深川大番屋支配の大滝が、おぬしに訊きたいことがあるそうだ。話のなかみは、わしにはわからぬ。とにかく行って、ふたりで話しあってくれ』といわれてきたんだが、どんなことですか」

口には出さぬが、いかにも迷惑千万といった奥村の様子だった。

おもわず錬蔵は、苦笑いをしていた。

見咎《みとが》めた奥村が、不機嫌そうな声を上げた。

「何がおかしいのですか。拙者は忙しい。戯《ざ》れ言《ごと》の相手は御免こうむる」

都合が悪いことなど何ひとつないぞ、としらを切り通すつもりの科人《とがにん》が、取り調べのときにみせる、みょうに強がった態度だった。長年、科人を調べつづけてきた錬蔵が、いままで何度も見てきた、脛《すね》に傷持つ者が見せる、共通点でもあった。

（これはいかん。やんわりと遠回しに話をすすめる相手ではない。ずばりと切り込むしかなさそうだ）

そう判じた錬蔵は、懐《ふところ》から二つ折りにした、中川屋がしたためた書付を取り出した。

警戒の眼差しで、奥村が書付に目を走らせる。

開いた書付を、錬蔵が奥村の目の前に突きつけた。

「これを見てくれ」

手をのばして奥村が書付をひったくろうとする。

書付を手元に引き寄せて錬蔵が告げた。

「これは渡せぬ。とりあえず、読め。それとも身どもが声を上げて、読んでやろうか」

「いや、それには及ばぬ。ここからでも字は読める」

顔を突き出すようにして、奥村が書付に目を通した。

「読んだか」

訊いた錬蔵に奥村が応えた。

「読んだ」

姿勢をもどして、奥村がことばを重ねた。

「その書付に書いてあるとおり、拙者は中川屋から芥舟を借りた。しかし、それはすべて芥改役の職務を果たすためだ」

「借りた理由は、中川屋から聞いている。が、借りた日に問題がある」

一瞬、奥村が息を呑んだのを、錬蔵は見逃していなかった。

が、気づかぬ風を装って、話しつづけた。

「おぬしは芥舟を借りた日の翌日の夕刻に、中川屋に返している。この書付には、芥舟を返した日付は書いてないが、必要なら、新たに芥舟をおぬしから返してもらった日付を記した書付を、中川屋に書かせてもいい」

「その必要はない。借りた日の翌日に芥舟を中川屋に返したことを、拙者が認めればいいだけのことだ」

「素直に認めてもらって手間が省ける。ところで、おぬしが芥舟を借りた日から、日付が変わって一刻《いっとき》ほど過ぎた頃、盗人一味が大行院、妙念寺、瑞雲寺の三寺院に相次いで押し込み、住職たちを皆殺しにし、金品を奪って逃げ去っている。盗人一味が、三寺院に押し込んだ日の前日に、おぬしは中川屋から芥舟を借りているのだ」

「いいがかりだ。たんなる偶然に過ぎぬ。いかに探索のためとはいえ、無礼千万。拙者が盗人一味に手を貸したとでもいいたいのか」

　声を高めた奥村に錬蔵が告げた。

「偶然も、三度重なると偶然とはいえぬ。李下《りか》に冠《かんむり》を正さず、と諺《ことわざ》にある。おぬしも役向きは無縁でも、北町奉行所の与力だ。探索のいろはぐらいは、知っているはずだ。はっきりいう。探索に携わる役向きの与力、同心なら、偶然が三度重なったら、誰も偶然だとはおもわぬ。おぬしが、偶然だといい張るのなら、おのれの身の潔白を晴らすために動くべきだ」

「いつでも中川屋に会いにいくぞ」

「中川屋は芥舟を貸しただけだ。盗人一味ではない」

「それは、たしかに、そうだ」

無意識のうちに奥村は、膝《ひざ》に置いた手で袴《はかま》を握りしめていた。

ちらり、と奥村の袴を握りしめた手に目を走らせて、錬蔵が告げた。

「実は、盗人一味の根城を突き止めてある。拙者と一緒に、その根城に乗り込み、盗人一味を捕らえるのを手伝ったらどうだ。おぬしが『中川屋から芥舟を借りただけだ。盗人一味とは何のかかわりもない。借りた日の翌日に盗人一味が三寺院に押し込んで盗みを働いたこととは、一切かかわりない』と、何度もことばでいい張るよりも、拙者とともに盗人一味の何人かでも捕らえれば、一気に疑いは晴れる」

「それは、そうだが」

眉間《みけん》に皺《しわ》を寄せて奥村がことばを濁《にご》した。

目を錬蔵に向けて、奥村が開き直ったように訊いてきた。

「ほんとうに盗人一味の根城を突き止めているのか。はったりではないのか。突き止めているのなら、根城がどこかいえるはずだ」

「それほど知りたいか」

「知りたいとも」

「教えたら一緒に乗り込んでもらうが、いいか」

ごくり、と生唾《なまつば》を呑み込んで、奥村が応じた。

「乗り込むとも。拙者の身の証《あかし》を立てるためだ。乗り込まずにはおかぬ」

「盗人一味の根城は、深川諸町にある八潮という船宿だ」

一瞬、驚愕《きょうがく》のあまり、口を半開きにしたまま奥村が凍りついた。

そんな奥村の様子に、

（奥村は、八潮が盗人一味の根城だと知っている）

長年培《つちか》った錬蔵の勘がそう告げていた。

「これから八潮に出かけよう。いいな」

そういって、錬蔵が脇に置いた大刀を手にとった。

「ああ、行くとも。承知した」

下唇を嚙み、上目遣《づか》いに錬蔵を見ながら奥村が応じた。

四

八潮の前に錬蔵と奥村が立っている。

「さて、一緒に八潮に乗り込むか」

話しかけた錬蔵に奥村が応じた。

「拙者が先に行く。身の証を立てるには、そのくらいのことをしたほうがいいだろう」

「いい覚悟だ。盗人一味の根城だ。何があるかわからぬ。大刀の鯉口《こいぐち》を切っておこう」

「わかった」

ふたりが刀の鯉口を切る。

「行くぞ」

声をかけて、奥村が錬蔵に背中を向けた。

八潮の表戸に手をかけるや奥村が、いきなり戸を開けた。

踏み込んで怒鳴る。

「北町奉行所の奥村段介だ。八潮に不審のかどあり。深川大番屋支配大滝錬蔵とともに調べにきた。入るぞ」

と、奥から数人の浪人たちが走り出てきた。手に手に抜き身の大刀を下げている。

「おのれ、手向かいするか」

大刀を奥村が引き抜く。

表戸の外にいた錬蔵が、一歩下がって大刀の柄《つか》に手をかけた。

「死ね」

浪人が奥村に突きかかる。

刹那……。

壁際に奥村が身を寄せた。

その脇をすり抜けた浪人が、錬蔵に向かって突きを入れる。

身を躱《かわ》し、半身となった錬蔵の腰から鈍《にび》色の光が迸《ほとばし》った。

目にも止まらぬ錬蔵の居合抜きに、脇腹を斬り割《さ》かれた浪人が、朱に染まって倒れ込む。

浪人の骸《むくろ》を飛び越え、錬蔵が数歩後ろに跳んで右下段に構えた。

浪人たちが、奥村には目もくれず、錬蔵に向かって斬りかかる。

刃を合わすことなく、錬蔵が最初に斬りかかってきた浪人を袈裟《けさ》懸《が》けに斬り伏せた。

浪人たちが錬蔵を取り囲む。

目を走らせて錬蔵が浪人の人数を数えた。

(……三、四、五、六。ふたり斬った。浪人は合わせて八人。人相風体《にんそうふうてい》から判じて、盗人一味ともおもえぬ。人斬り稼業の浪人たちか)

左右から浪人たちが斬りかかる。

右へ左へと大刀を振るって、錬蔵が浪人の刀に大刀を叩きつけた。

ぶつけられた太刀《たち》捌《さば》きのあまりの凄《すさ》まじさに、浪人ふたりがよろける。

片手で持った大刀を大きく横に振って錬蔵が、川岸へ向かって走った。

浪人たちが追いすがる。

岸辺に立って、右下段に構えた錬蔵が、奥村の姿を求めて、目を流した。

その目が、町人と肩をならべて立っている奥村をとらえた。

(ここまで腐っていたか)

胸中で錬蔵はつぶやいていた。

不思議だった。いままで、

(何とか立ち直らせてやりたい。奥村の家には、帰りを待っている妻子がいるのだ)

と、おもいつめていた。が、

(しょせん、おれの力ではどうもならぬ相手。始末するが世のためになる)

おのれを縛っていたおもいが、さながら雲散霧消《うんさんむしょう》したように、錬蔵のなかから消え失せていた。

浪人たちが、半円を狭めて、一歩また一歩と迫ってくる。

突然、錬蔵が呼びかけた。

「奥村、背後から浪人たちに斬りかかってくれ」

せせら笑った奥村が、芝居がかった仕草で大刀を鞘におさめた。

勝負がついたとでも判じたのか、奥村の傍《かたわ》らに立っていた町人が、奥村に話しかけている。

無言で奥村がうなずき、再び大刀を引き抜いた。

その動きを合図がわりに、町人が走りだしていた。

走り去った方角からみて、おそらく清流へ向かったのだろう。

浪人たちの背後に奥村が歩み寄る。

浪人たちがさらに一歩迫った瞬間、錬蔵が声高《こわだか》に呼びかけた。

「奥村、いまだ。斬りかかれ」

その声に、ぎくりとしたように半円のなかほどに位置した浪人が、ちらり、と背後に目を走らせた。

目を走らせた分、浪人ふたりの躰《からだ》が、わずかに斜めになり、等しい間隔で迫ってきた浪人たちの陣形に乱れが出た。

その虚《きょ》を錬蔵は見逃さなかった。

躰が斜めになり、わずかに空いた隙間をめがけて、下段に刀を据《す》えたまま、錬蔵が一気に突っ込んだ。

浪人のひとりを跳ね上げた大刀で腰から胸元まで斬り裂き、振り上げたまま躰を反転させて、隣りの浪人を袈裟懸けに斬り倒した。

瞬く間の錬蔵の手練《しゅれん》の技に、恐れをなしたのか、残る四人が数歩後退《あとずさ》った。

「容赦《ようしゃ》はせぬ」

一声かけ、右八双《はっそう》に構えた錬蔵が左手に位置する浪人ふたりに斬りかかり、受けた大刀を叩き折った。

その勢いのまま大刀を横に払う。

胴を斬り裂かれた浪人が横倒しに崩れ落ちた。

中ほどから刀身を折られた大刀を手にした浪人が、見据えた錬蔵に気圧《けお》され、声にならない叫び声を上げるや、背中を向けて走りだした。

残るふたりを錬蔵が見据える。

ひとり逃げたことで、言い訳ができたとでもいうのか、残るふたりも、すでに逃げ出していた。

ゆっくりと錬蔵が振り向いた。

「勘弁してくれ。おれが悪かった。頼む。このとおりだ」

片手拝みした奥村が、いまにも泣き出しそうな顔で哀願した。

青眼《せいがん》に構えていた錬蔵が、ゆっくりと大刀をおろす。

そのときだった。

いきなり大刀を突き出した奥村が、錬蔵に向かって突っ込んできた。

一歩横に身を躱した錬蔵が大刀を横に構える。

突きの構えのまま、体当たりせんばかりの勢いで錬蔵の脇を走りすぎた奥村の腹に錬蔵の刃が食い込み、横一文字に深々とえぐっていた。

数歩行って力尽きたか、奥村が前のめりに倒れ込む。

大刀を手にした錬蔵が、地面に伏した奥村を身じろぎもせず見つめている。

五

さっきまで茜色《あかね》に染まっていた空が、みるみるうちに黒ずんできて、薄暮《はくぼ》から夜の闇へと移り変わっていく。

そんな移ろいにも気づかぬように、じっと鞘番所を見つめて立っている男がいた。

すでに小半刻《こはんとき》（三十分）の半ばは過ぎ去っている。

男は、何度か首を捻り、溜息《ためいき》をついてはそこから立ち去ろうと鞘番所に背中を向けるが、すぐに振り返って、再びその場に立ちつくしている。

同じことが何度か繰り返されていた。

そんな男に声をかけた者がいた。

「佐吉、どうした。張り込みにしては目立ちすぎるぞ」

ぎくり、として振り向いた佐吉の顔が驚愕に歪《ゆが》んだ。

声をかけた者は二本差しだった。月代《さかやき》を伸ばしているところをみると浪人とおもわれた。

その男の名を佐吉は知らない。

が、佐吉は町なかで見かけたことがあって、その男が鞘番所の一員であることを知っていた。

「鞘番所北町組の前原だ。何か用でもあるのか」

問いかけた前原に、佐吉が浅く腰をかがめて応じた。

「鞘番所の前原さま。呼びかけられたとおり、名は佐吉でございます。大事な用があります」

じっと前原を見つめながら、中腰のまま佐吉が手を前に出し、手首を交差させた。

重なった佐吉の両手首を、前原が包み込むように握った。

「一緒にこい。御上《おかみ》にも情けはあるぞ」

笑みをたたえた前原を、縋《すが》る目で佐吉が見つめている。

「けっ。何が始末がついたんだ。大滝はぴんぴんしてて、自身番の番太《ばんた》たちに指図してるじゃねえか。刺客《しかく》として雇った浪人たちは、骸になって大八車に積まれている。大滝の野郎、段介まで殺しやがった」

町家の外壁に身を寄せて、勇五郎が八潮の様子を窺《うかが》っている。背後に立つ辰造と久万吉も、首をのばして八潮を見やっていた。

怒りを露わに吐き捨てた勇五郎に、辰造が応じた。

「段介みたいな、欲深な半端野郎がどうなったってかまやしねえが、厄介《やっかい》なことになったたな」

「厄介すぎらあ。段介が死んだら、芥舟を盗みに使えなくなるんだぜ」

腹立たしげにいった勇五郎に、辰造が呆れたようにいった。

「まだ深川で盗みを働くつもりでいるのか。大滝は強い。命あっての物種だぜ」

「そういわれりゃあ、その通りだが、しかし、惜しいな。祠堂金貸しであくどく儲けている寺がまだ残っているのによ。二千両にはなるぜ」

「おれは、早いとこ深川をずらかろうとおもっているのさ。大滝相手に一勝負かけて勝ち目はあるのかい。それより、まだ番太たちが張り番している間に、やることがあるんじゃねえのか」

「何だ、やることとって」

「深川の三寺院から盗みだした金品は、八潮の床下に埋めてあるんだぜ」

「ほとぼりが冷めた頃、掘り出せばいい。どうせ久万吉は、段介と親しげに話しているところを大滝に見られている。当分の間、深川にはいられねえ。誰か違う奴を八潮の主人に仕立て上げればすむことだ」

「ところが、そうもいかねえかもしれねえ」

「そうもいかねえとは、どんなことだ」

「出てきたときに気づいたんだが、清流に、佐吉がいねえんだ」

「佐吉は、お登喜をたすけに鞘番所へ行ったんじゃねえか。佐吉はいまでもお登喜に惚れている。憎みながら、惚れている。おれは佐吉の、そんな様子を見るのがおもしろくて、お登喜をさんざんいたぶってやったのよ」

せせら笑った勇五郎に辰造がいった。

「悪さが過ぎたぜ。佐吉は、そんなあんたを憎んでいたに違いない。いままではお登喜がいた。佐吉はこころのなかで、お登喜を人質にとられているとおもっていたかもしれねえ。が、いまは違う。お登喜は鞘番所に囚《とら》われてしまった。佐吉には、おれたちと一緒に動きまわる理由はなくなったんだ」

「何がいいたいんだ。はっきりいえ。そうでなくても、おれは苛々《いらいら》しているんだ」

声を荒らげた勇五郎に、辰造が応じた。

「佐吉は鞘番所へ自訴《じそ》しにいったのかもしれねえ」

「だったら、どうだというんだ」

「そうかっかしなさんな。佐吉は、おれたちと一緒に盗み出した金品を八潮の床下に埋めていたんだぜ。佐吉は、お宝の隠し場所を知っているんだ。自訴したかもしれねえ佐吉が、いつお宝の隠し場所を白状するかわからねえんだぜ。押し込みができなくなるなんて、たいしたことじゃねえ。ひょっとしたら、鞘番所の連中がお宝を先に掘り出すかもしれねえんだ」

うむ、と呻いて、勇五郎が黙り込んだ。

ややあって、勇五郎が口を開いた。

「いまのところ自身番の番太たちが張り番しているだけだ。今夜にでも八潮に乗り込もう」

「近くのどこかに、鞘番所の連中が身を潜《ひそ》めているかもしれねえ。腕の立つ浪人たちを十人ほど集めて、明日の晩、八潮に乗り込んだほうがいい。いずれにしろ、お宝を掘り出して運び出すには時がかかる。鞘番所の連中を皆殺しにしないと、おちおちお宝も掘り出せねえ」

「わかった。辰造、そのあたりの手配りは、おめえにまかせる。三寺院に押し込んで盗み出したお宝だ。うっちゃって深川から出ていくわけにはいかねえ。ただ働きは御免だ」

「話は決まった。久万吉」

　呼びかけた辰造に、久万吉が応じた。

「心得ておりやす。いまから腕の立つ浪人を十人ほど、手配してまいります」

「早く行け」

「手配がつき次第、清流へもどりやす。浪人たちは、明日の夕刻、八潮の前で落ち合うということにしておきやす」

「そうしてくれ。仲間以外の者は、できるだけ清流に出入りさせたくない。おれたちにとっちゃ清流は最後の砦《とりで》みたいなものだ」

「わかりやした。それじゃ、行ってきやす」

「頼んだぜ」

　背後から久万吉が消えたのを見届けて、辰造が声をかけた。

浪人たちの骸の片づけを見ていても仕方がねえ。行くか」

八潮に勇五郎が背中を向けた。

「勇五郎さん、そろそろ引き上げようか」

「そうだな。段介の骸も大八車に乗せられて運ばれていったし、役立たずだった

歩き出す。

ちらり、と八潮に目を走らせて、辰造がつづいた。

鞘番所の牢屋の、隣り合う牢の前に錬蔵と前原、安次郎が立っている。

牢の一方にはお登喜が、隣りの牢には佐吉が入れられていた。

ふたりの前には、菜《さい》を食べ終えた皿や碗がのった角盆が置いてある。

牢のなかにいるお登喜を見やって、安次郎が錬蔵に話しかけた。

「安次郎親分につきっきりでいてもらうのは心苦しい。牢に入れてもらえないか、とお登喜がいいだしましてね。それで牢に入れたんでさ」

「それでいい。おれもお登喜を牢に入れるつもりだった」

顔を前原に向けて、錬蔵がつづけた。

「ふたりの夕飯はお俊が用意してくれたのか」

「今回は、掏摸《すり》の腕前を披露する出番がなさそうだから、せめてお登喜さんたちに飯をつくってやるよ。そのくらいしか役に立ちそうな場所がないからね。菜をつくりだしたら、頼まれもしないのに佐知ちゃんが手伝ってくれたんだ、とお俊がいっていました。もっとも佐知が、どれほど役に立ったかわかりませんが」

微笑《ほほえ》んだ前原に笑みを向けて、錬蔵がいった。

「お俊に、今回も十分に役に立っているとつたえてくれ。それと佐知ちゃんも菜づくりに興味を持つようになったんだな」

「お支配に拾っていただいたお陰で、佐知と俊作に平穏な暮らしをさせることができました」

「大きくなるのが楽しみだ」

「生きる励みになります。それより」

口調を変えて、前原がつづけた。

「佐吉の話だと八潮の床下に、大行院など三寺院から盗み出した金品が埋められているそうです」

「そうか。なら勝負は早い。明日にでも、八潮を舞台に仕掛ければ、うまく落着できるかもしれぬ。溝口たちがもどってきたら、用部屋にくるようにいってくれ、と小者につたえてくれ。おれは用部屋に入って策を練る」

「承知しました」

牢のなかのふたりを見やって錬蔵が声をかけた。

「ふたりとも仲良くするんだぞ」

たがいに、ちらりと見やって、お登喜と佐吉が無言でうなずいた。

わきから安次郎が声をかけた。

「旦那、余計なことに口を出さないほうがいいですよ。男と女には、意地を張り合わなきゃいけないような気分になることが、間々《まま》あるんで」

「そうか。おれには、そのあたりのことが、よくわからぬ。安次郎の指図にしたがおう」

「そうしてくだせえ。男芸者の頃に、見飽きるほど男と女の揉《も》め事を見てきやした。男と女は、何かとむずかしい間柄でして」

「わかった。安次郎、おれと一緒に用部屋へきてくれ。いろいろと話したいこともある」

「あっしは、少し遅れて用部屋へ向かいやす。器の載った角盆をお俊のところに持っていかなきゃなりません」

わきから前原が口をはさんだ。

「おれも角盆をひとつ、持って帰ろう。お支配、その後、小者詰所に向かいます」

「用がすんだら、ふたりとも用部屋にきてくれ」

声をかけて錬蔵が踵《きびす》を返した。

六

翌日夕七つ（午後四時）頃、鞘番所を見張っていた卯吉が清流に帰ってきた。

勇五郎たちが居流れる座敷に入ってくるなり、声高にいった。

「同心たちが指図して、小者たちに大八車を用意させ、鋤《すき》や鍬《くわ》を積み込んでいます。佐吉がお宝の隠し場所を白状したんじゃねえかと」

「鞘番所の奴ら、すぐにも出かけそうな様子か」

問いかけた勇五郎に、卯吉が応えた。

「差し迫った様子はありませんでした。明日の朝から動き出すような気がしますが」

隣りにいる辰造に顔を向けて勇五郎が訊いた。

「どうおもう」

「どうおもうも何もねえ。おれたちがお宝を手にする機会は、今夜しかねえとわかっただけだ」

「今夜五つ過ぎに八潮に乗り込むか。張り番をしている番太は斬り捨てればいい」

「お宝は、手間をかけずに掘り出すことができるように、浅く埋めてある。掘るのに一刻、運び出して船に積み込むのに一刻、後は内川を抜けて、中川へ出、それから利根《とね》川へでも向かうか」

「今日は、夜を徹して動きまわることになりそうだな」

「お宝のためだ、辛抱するさ。清流を仕切らせている貞八も連れていくしかない。深川に残しておいたら鞘番所に捕らえられて、仕置きにかけられる。佐吉は、知っていることを洗いざらい喋《しゃべ》っているはずだ」

「舟で出かけさせ、八潮を見張らせている貞八がもどってこないところをみると、八潮には変わった様子はなさそうだな」

「多分、何も起こっていないのだろう」

応じた辰造に勇五郎がうなずき、子分たちを見渡して声をかけた。

「聞いての通りだ。みんな、今夜は眠れねえ。いまのうちに寝ておくんだな」

「そうさせていただきやす」

「別間で寝るか」

声をかけあいながら、相次いで子分たちが立ち上がった。


あたりは夜のとばりに包まれている。

八潮をのぞむ町家の陰に、勇五郎や辰造、卯吉ら子分たちが集まっていた。久万吉の背後に十人の浪人が立っている。

浪人たちを見やって勇五郎が声をかけた。

「先生方、抜かりなく頼みますぜ」

頭格《かしらかく》とおもわれる吊り眼の浪人が無言で顎を引いた。


八潮の船着場に舟を舫《もや》った貞八が、土手を上って通りへ姿を現した。

それが合図だったのか、勇五郎たちが町家の陰から出てきて、早足で八潮に向かう。

張り番をしていた番太ふたりが、歩み寄ってくる勇五郎たちに気づいて顔を見合わせた。

おそるおそる後退りした番太たちが、早足になった勇五郎たちを見て、背中を向けて脱兎《だっと》のごとく走りだした。

「番太たちが逃げだした。何のために張り番していたんだ。ざまあねえや」

薄ら笑って勇五郎がつぶやいた。

「番太たちが、いやにあっさり逃げやがった。おかしいとおもわねえか。待ち伏せがあるかもしれねえ」

眉間に皺を寄せて、辰造がいった。

「辰造、おめえの心配性には、呆れ返るぜ。これだけの人数だ。待ち伏せされても屁でもねえ」

「油断大敵というぜ」

苦笑いした勇五郎が、声をかけた。

「突っ込むぞ」

大刀の鯉口を切りながら勇五郎が小走りになった。子分たちと浪人たちがつづいた。

表戸を開けた卯吉が、なかに足を踏み入れた。土足で廊下に上がり込む。

奥へすすんだ卯吉が、突然呻いて、頽《くずお》れた。

襖《ふすま》から大刀が突き出ている。

切っ先が血に染まっていた。

「待ち伏せだ」

辰造がわめいた。

浮き足だった子分たちが表へ向かって後退る。

「引くな。敵はわずかだ」

怒鳴った勇五郎の背後で、断末魔の叫び声が上がった。

振り向いた勇五郎が、再び卯吉の骸のほうへ目をもどす。

座敷のなかから襖が開けられ、血の滴《したた》る大刀を手にした錬蔵が現れた。

「てめえは、鞘番所の」

声を上げた辰造に応じるように、錬造が告げた。

「北町組支配大滝錬蔵だ。蝮《まむし》の勇五郎、深川にまいもどって祠堂金貸しであくどく儲けている寺院を狙う目論見《もくろみ》、狙いとしては悪くなかったが、つづけざまにやり過ぎたな。潔く縛《ばく》につけ、などという気はさらさらない。ひとり残らず、この場で処断する」

再び、外から断末魔の叫びが上がった。

「くそ、表と裏で挟み撃ちか」

振り向くことなく、したがう浪人たちに勇五郎が怒鳴った。

「先生方、大滝の野郎をやっつけてくだせえ。斬ったら、たっぷり礼金をはずみますぜ」

浪人たちが勇五郎の前に出た。

突きの構えをした三人が横並びになって、錬蔵に迫っていく。

右手に大刀を下げ、三人を見据えたまま、錬蔵は微動だにしなかった。

再び、外から悲鳴が聞こえた。

振り向いた辰造が、勇五郎にいった。

「おれは外へまわる。このままじゃ外へ出られなくなるかもしれねえ」

「好きにしろ」

吐き捨てた勇五郎に応えることなく、辰造が声を上げた。

「先生方、表で待ち伏せしていた連中も手強そうだ。五人ほど、あっしにしたがってもらいてえ」

「おれが行こう」

吊り眼が声を上げ、顎をしゃくって外へ出る浪人を指し示した。

うなずいた四人が吊り眼にしたがう。

背中を向けて歩きだした辰造を横目に見て、勇五郎がいまいましげに舌を鳴らした。

目を錬蔵のほうへ向けた勇五郎は、大刀を突き出したまますすんでいく浪人たちの真ん中に位置する浪人が、卯吉の骸を避けて、一方に躰を傾けるのを見た。

その瞬間、一跳びして片膝を突いた錬蔵が、大刀を横に一振りした。

両足の臑《すね》を断ち斬られた浪人たちが、卯吉の骸の脇に倒れ込む。

大刀を下段に置いたまま、錬蔵が激痛にのたうつ浪人たちに近寄った。

大刀が届く距《へだ》たりのところで錬蔵が、大刀の高さを変えて三度、打ち振った。

瞬く間の早業だった。

刃の動きを示して鈍色の光が走る。その光を追って、浪人たちの、刀を持った手が撥《は》ね上がった。刀を握った浪人たちの肘《ひじ》から下が、左右の襖にぶち当たり、廊下に落ちた。

あまりの凄まじさに勇五郎が後退りした。したがっていた子分たちも、怯《おび》えて後ろへ下がる。

下段に構えて、錬蔵が告げた。

「蝮の勇五郎、ここでは存分に戦えぬ。表へ出よう」

見据えた錬蔵の眼光の強さに気圧《けお》されて、勇五郎が知らず知らずのうちに後退っていた。

八潮の前では、辰造や子分たち、吊り眼の浪人が率いる浪人四人と溝口、小幡、八木、前原の四人が激しく斬り結んでいる。溝口たちは、小袖《こそで》を着流した、浪人と見紛《みまが》う出《い》で立ちをしていた。

鍔競《つばぜ》り合《あ》いをしていた相手の足を溝口が蹴飛ばす。よろけた浪人を溝口が袈裟懸けに斬り捨てた。

その場に浪人が転倒する。

「これで三人。腕自慢の奴はいないか。おれが相手になる。こい」

よばわった溝口に斬りかかる者はいない。

鞘番所の表門の前で安次郎が前方を見つめて、苛々と、円を描くように歩きまわっている。安次郎は、なぜか着流し巻羽織《まきばおり》の、一目で同心とわかる出で立ちをしていた。

傍らに立つ松倉が声をかけた。

「落ち着け、安次郎。御支配は、おれたちに鞘番所を守るように命じられたのだ」

足を止めて安次郎が松倉を見やった。

「心配するな、というほうがむちゃですよ。旦那は溝口さん、八木さん、小幡さんに前原さんの四人を連れて、握り飯持参で、昨夜、深更《しんこう》に八潮に入られたんですぜ」

「御支配から此度《こたび》の策を聞かされたとき、安次郎はおもしろいといって、異論をとなえなかったではないか」

「あのときは、そうおもったんですよ。けど、いざ始めてみると、いくら敵の目をくらますためとはいえ、あっしや小者ふたりが同心の格好をさせられて、鞘番所のなかをうろうろ歩きまわっているんですぜ。慣れぬ大小二本を腰に差して動いていると、腰はもちろん、躰のあちこちも痛くなってたまらねえ、と同心の格好をさせられた小者たちがぼやいてましたぜ」

「そういうな。おれたちにあたえられた任務は、鞘番所を守ることだ。御支配は強い。溝口も御支配ほどでもないが強い。小幡と前原は後一歩で溝口の域に達するという腕前だ。心配なのは八木だ。おれより多少強いくらいの腕前だからな」

「たしかにその通りですけどね。けど、心配だな。帰りが遅すぎる」

爪先《つまさき》立ちして安次郎が、八潮のほうを見つめた。


刃をぶつけ合った小幡と浪人が、たがいに跳び下がった。

再び浪人が斬りかかる。

身を躱した小幡が、袈裟懸けに大刀を振り下ろした。

肩から胸に向かって斬り裂かれた浪人が、つんのめるように倒れた。

向けた小幡の目に、浪人に間合いを詰められて一歩下がった八木が、石にでもつまずいたか尻餅をついた姿が飛び込んできた。

浪人が大刀を振りかぶる。

悲鳴を上げながら、八木が大刀をめくら滅法《めっぽう》に振り回す。

大刀を振り下ろそうとした浪人が、突然、その場に崩れ落ちた。

何が起こったのか、わけがわからず八木が、茫然自失の体《てい》で目を向ける。

浪人の骸の向こうに血刀を下げた小幡が立っていた。


吊り眼の浪人と溝口がたがいに青眼に構えて対峙《たいじ》している。

「久し振りに手応えのある奴と出くわした。胸が高鳴る」

不敵な笑みを溝口が浮かべた。

「洒落《しゃら》臭い。死ぬのはおまえだ」

吠えた吊り眼に溝口が応じた。

「そのことば、そのままおまえに返そう」

青眼から下段へと溝口が構えを変えた。

吊り眼が一気に突きかかる。

横に一歩身を移した溝口が斜めに刀を振り上げた。

脇腹から脇の下へ向かって断ち切られた吊り眼が、数歩よろけて顔から倒れ込んだ。

背中を向けて逃げ走る辰造に前原が迫る。

一跳びした前原が、大上段から辰造の脳天に向かって刀を振り下ろした。頭蓋《ずがい》を断ち割る鈍い音が響いた。

断末魔の叫びを上げ、辰造が地に臥《ふ》した。

八潮の表戸の前で錬蔵が八双に、勇五郎が青眼に構えて対峙している。

「荒れた剣だな。道場で鍛えた技に、修羅場で積み重ねた喧嘩剣法が混じり合っている」

声をかけた錬蔵に勇五郎が応えた。

「理屈は抜きだ。しょせん剣は人殺しの道具。勝てばいいのだ」

吠えるなり勇五郎が斬りかかった。

半歩横に動いて半身になった錬蔵が、躰をねじって、斜め上段から袈裟懸けに刀を振り下ろす。

肩口から脇腹へと断ち斬られ、よろけた勇五郎が体勢をととのえようとした。踏ん張った勇五郎へ向かって、錬蔵は下段から斜めに剣を振り上げていた。まさに迅速の技であった。

躰を斜め十文字に斬り裂かれた勇五郎が、喘《あえ》ぎながら訊いた。

「見たことのない技、一息に止めを刺し得る必殺の剣」

「鉄心夢想流秘伝、霞十文字」

「霞、十、も……」

それまでだった。力尽きた勇五郎が昏倒《こんとう》した。

七

数日後、鞘番所の表門の前に錬蔵とお紋、安次郎、前原が、その前に、お登喜と佐吉、少し離れて政吉が立っていた。

笑みをたたえて錬蔵が声をかけた。

「今後のことは、河水の藤右衛門が相談に乗ってくれる。先日、おれが頼んでおいた。藤右衛門は、おまえたちの面倒を見ることを、二つ返事で引き受けてくれた」

わきからお紋が口をはさんだ。

「お登喜ちゃん、今度こそふたりで幸せになるんだよ。佐吉さん、お登喜ちゃんを大事にしてね」

「ええ、まあ」

曖昧《あいまい》な笑みを佐吉が浮かべた。

「おまえさん」

呼びかけたお登喜を佐吉が、じろり、と見やった。冷ややかな目付きだった。

「お登喜、勘違いしちゃいけねえぜ。おれはまだ、おまえさんと呼ばれて嬉しがるような気分にゃもどっちゃいないんだ。御支配さまやお紋さん、前原の旦那、安次郎さんの心遣いに恩を感じて、もう一度やりなおしてみよう、と腹を決めているだけなんだ。それだけなんだよ」

「佐吉さん」

喘ぐようにお登喜がつぶやいた。

ちらり、と錬蔵を見やったお紋が、たまりかねたように声を上げた。

「佐吉さん、その言いぐさは何だよ。おまえさんの身を守るために、お登喜ちゃんがどれほど厭《いや》なおもいをしてきたか、わからないのかい」

「お紋姐さん、そいつが、おれにはよくわからねえんだ。こんなおもいをするくらいなら、なんでおれと一緒に死んでくれないんだ、と何度いったことか。おれは毎日、死ぬようなおもいで過ごしてきたんだ」

「何をいってるんだい。死ぬようなおもいで過ごしてきたのは、佐吉さん、おまえさんだけじゃないんだよ。お登喜ちゃんだって、死にたかったはずだ。お登喜ちゃんは、佐吉さんに生きていてもらいたい、ただその一心で、身震いするほど厭なことでもやってきたんじゃないか。生きているから、やり直しがきくんだよ。女のこころがわからないのかい。この唐変木《とうへんぼく》」

錬蔵の前で久し振りに啖呵《たんか》を切ったお紋に、苦笑いして安次郎が、ちらり、と錬蔵を見やった。困惑したように錬蔵がお紋に目を向けている。前原は、黙然とうつむいていた。

口をはさんでお登喜が声を上げた。

「お紋姐さん、もうやめてください。今後、同じようなことが起きても、あたしは佐吉さんの命を守ります。そのために、あたしの命がなくなってもいい。佐吉さんは、あたしの命なんです」

苦々しげに佐吉が吐き捨てた。

「調子のいいことをいいやがって。おれが何度も、一緒に死のう、と持ちかけても、生きていきましょう。生きていればいいこともある、といって死ぬことを断りつづけてきたじゃねえか。信じられるか、そんなことばを」

「おまえさん」
お登喜の目が潤《うる》み、涙が一粒、こぼれ落ちた。
「佐吉さん、おまえさんて人は、何てことを」
お紋が詰めよる。
おもいもよらぬ成り行きに、錬蔵はその場のやりとりに気をとられていた。
一瞬、錬蔵は背後に殺気を感じた。
鞘番所の門前である。殺気を発する者などいないはずであった。
（が、たしかに殺気は感じた）
途惑いが錬蔵に生じた。
その瞬間、走ってくる足音が迫った。
半ば反射的に、錬蔵は大刀の鯉口を切っていた。
錬蔵の脇を何者かが駆け抜ける。
三好だった。
抜き身の大刀を手にしている。
お登喜と佐吉に駆け寄った三好が大刀を振りかざし、わめいた。
「おまえがいなきゃ、おまえが死ねば、お登喜はおれのものになるんだ。殺してやる」

吠えながら、三好が佐吉に斬りかかった。

咄嗟《とっさ》に、お登喜が佐吉にしがみつく。

佐吉をかばったお登喜の背中に向かって、大刀が振り下ろされた。

刹那、一跳びして三好の背後に迫った錬蔵の居合いの早業が、三好の左の脇腹から右の脇腹へと斬り割っていた。

三好の躰がぐらりと揺れる。

刀を取り落とした三好が、へたり込むようにその場に倒れた。

抱きついていたお登喜が、笑みを浮かべて佐吉を見つめる。

「よかった。おまえさんが斬られないで、ほんとによかった。ほんとに」

力尽きたか、佐吉の首に巻きつけていたお登喜の手がゆるみ、腰が抜けたかのようにずり落ちた。

あわてて佐吉が抱き留める。

「死ぬな。お登喜、おれが悪かった。勘弁してくれ。もう一度、もう一度、やり直そう。お登喜、おれの女房は、おまえしかいない。お登喜、死ぬな。おまえが死んだら、おれも生きてはいない」

大刀を鞘におさめて錬蔵がいった。

「傷は浅い。お登喜は死なぬ」

目を政吉、安次郎、前原へと流して、錬蔵がことばを重ねた。

「駕籠《かご》を手配するのだ。河水楼は茶屋、怪我《けが》人を運び込めば商いにさわるおそれがある。お紋の住まいに運ぶのだ」

「あたしの家に運び込んでおくれ。ふたりの面倒は、とことんみるよ」

わきから政吉が声を上げた。

「あっしが駕籠を呼んできます。馴染みの駕籠屋が近くにありますんで」

安次郎が口をはさんだ。

「お紋の住まいまで、あっしが町医者を連れていきやしょう」

ふたりに目を走らせて、錬蔵がいった。

「頼む」

「わかりやした」

「一走りして駕籠を呼んできやす」

安次郎と政吉が相次いで声を上げた。

ふたりが錬蔵に背中を向けて走り去っていく。

前原に顔を向けて、錬蔵がことばを重ねた。

「前原、お登喜をお紋の住まいへ運ぶのを手伝ってくれ」

「承知しました」

そのとき、表門の潜り口から片山が走り出てきた。

「三好。三好がいないのだ。三好を見なかったか」

「三好は、あそこだ。お登喜を斬ったので、やむを得ず斬り捨てた」

「斬り捨てた、だと。そんな馬鹿な」

よろけるようにして片山が三好の骸に歩み寄った。

骸の傍らに両膝をつく。

見開いたままになっている三好の目を閉じてやり、錬蔵を振り返ることなく片山が告げた。

「大滝殿、三好は不届きのかどがあったので、おれが斬った。そういうことにしてくれ。三好は病死として届け出る。そのことも承知してくれ」

「委細承知した。が、配下の者たちから不満は出ないのか」

「それはない。配下の者たちは、三好のやっていることをうすうす察していた」

「ならばいい。三好の処置について、おれがとやかくいうことはない」

「三好の骸を、おれの長屋に運び込む。誰か手伝ってくれないか。この場にいる者以外に三好の骸を見せたくないのだ」

前原が声を上げた。

「私が手伝いましょう」

「すまぬ。悪いが、おれの背中に三好の骸を乗せてくれ。三好をおぶって長屋へ向かう」

骸に背中を向けて、片山が膝を折った。

二ケ月後……。

汐見橋《しおみ》のたもと近くの、土手を下りたところの岸辺に、棹《さお》を手にした政吉が舟を寄せていた。

舟に乗ったお登喜と佐吉は、まだ座らずに立っている。

岸辺に錬蔵とお紋が立っていた。

錬蔵が、お登喜と佐吉に声をかけた。

「藤右衛門から大年寄の縫右衛門に、ふたりのことは頼んである。すべて政吉が手配りしてくれる」

「万事心得ておりやす」

応じた政吉に錬蔵がいった。

「よろしく頼む」

わきからお紋が声を上げた。

「お登喜ちゃん。今度こそ幸せになるんだよ。佐吉さんを大事にするんだよ」

「大事にします。佐吉さんは、あたしの命、大事な人だから」

「佐吉さん、お登喜ちゃんを頼んだよ。何たって、お登喜ちゃんは、佐吉さんにべた惚れなんだからね」

「辛い頃のことは忘れやした。お登喜が身を挺《てい》してかばってくれたときに、お登喜のこころがわかりやした。お登喜を信じて生きていきます」

応えた佐吉にお紋が笑みを向けた。

練蔵が声をかける。

「名残惜しいが、政吉、そろそろ縫右衛門のところに向かってくれ」

「わかりやした。藤右衛門親方が、ふたりを見送った帰りに、河水楼へ顔を出してもらいたい、と大滝さまにつたえてくれ、といっておりやした」

「わかった。顔を出そう」

「それじゃ、出かけやす。佐吉さん、お登喜さん、腰を下ろしてくんな」

政吉が棹を持ち直した。

「大滝さま、お情けある計らい、一生恩にきます」

「お紋姐さん、ありがとう。ご恩は死ぬまで忘れません」

昂《たか》ぶる気持ちを抑えられなかったのか、佐吉とお登喜が涙まじりの声を上げた。

お登喜と佐吉を乗せた舟が、次第に遠ざかり、小さくなっていった。

その舟を、錬蔵とお紋が肩を寄せ合うようにして、じっと見つめている。

【参考文献】

『江戸生活事典』三田村鳶魚著　稲垣史生編　青蛙房
『時代風俗考証事典』林美一著　河出書房新社
『江戸町方の制度』石井良助編集　新人物往来社
『図録　近世武士生活史入門事典』武士生活研究会編　柏書房
『図録　都市生活史事典』原田伴彦・芳賀登・森谷尅久・熊倉功夫編　柏書房
『復元　江戸生活図鑑』笹間良彦著　柏書房
『絵で見る時代考証百科』名和弓雄著　新人物往来社
『時代考証事典』稲垣史生著　新人物往来社
『考証　江戸事典』南条範夫・村雨退二郎編　新人物往来社
『新編　江戸名所図会　～上・中・下～』鈴木棠三・朝倉治彦校註　角川書店
『武芸流派大事典』綿谷雪・山田忠史編　東京コピイ出版部
『図説　江戸町奉行所事典』笹間良彦著　柏書房
『江戸・町づくし稿―上・中・下・別巻―』岸井良衛　青蛙房
『江戸岡場所遊女百姿』花咲一男著　三樹書房

『江戸の盛り場』海野弘著　青土社
『天明五年　天明江戸図』人文社

一〇〇字書評

未練辻

切・り・取・り・線

購買動機（新聞、雑誌名を記入するか、あるいは○をつけてください）

- □（　　　　　　　　　　　　　　　）の広告を見て
- □（　　　　　　　　　　　　　　　）の書評を見て
- □ 知人のすすめで　　　　　□ タイトルに惹かれて
- □ カバーが良かったから　　□ 内容が面白そうだから
- □ 好きな作家だから　　　　□ 好きな分野の本だから

・最近、最も感銘を受けた作品名をお書き下さい

・あなたのお好きな作家名をお書き下さい

・その他、ご要望がありましたらお書き下さい

住所	〒				
氏名		職業		年齢	
Eメール	※携帯には配信できません	新刊情報等のメール配信を 希望する・しない			

この本の感想を、編集部までお寄せいただけたらありがたく存じます。今後の企画の参考にさせていただきます。Eメールでも結構です。

いただいた「一〇〇字書評」は、新聞・雑誌等に紹介させていただくことがあります。その場合はお礼として特製図書カードを差し上げます。

前ページの原稿用紙に書評をお書きの上、切り取り、左記までお送り下さい。宛先の住所は不要です。

なお、ご記入いただいたお名前、ご住所等は、書評紹介の事前了解、謝礼のお届けのためだけに利用し、そのほかの目的のために利用することはありません。

〒一〇一－八七〇一
祥伝社文庫編集長　坂口芳和
電話　〇三（三二六五）二〇八〇

祥伝社ホームページの「ブックレビュー」からも、書き込めます。

http://www.shodensha.co.jp/bookreview/

祥伝社文庫

未練辻《みれんつじ》　新《しん》・深川鞘番所《ふかがわさやばんしょ》

平成30年8月20日　初版第1刷発行

著　者　吉田雄亮《よしだゆうすけ》
発行者　辻　浩明
発行所　祥伝社《しょうでんしゃ》
東京都千代田区神田神保町3-3
〒101-8701
電話　03（3265）2081（販売部）
電話　03（3265）2080（編集部）
電話　03（3265）3622（業務部）
http://www.shodensha.co.jp/

印刷所　堀内印刷
製本所　ナショナル製本
カバーフォーマットデザイン　中原達治

Printed in Japan ©2018, Yūsuke Yoshida　ISBN978-4-396-34450-4 C0193